ハヤカワ文庫 SF

〈SF2227〉

宇宙英雄ローダン・シリーズ〈592〉

宇宙の炎の道

デトレフ・G・ヴィンター&トーマス・ツィーグラー

嶋田洋一訳

早川書房

8343

PERRY RHODAN

ZWISCHEN LICHT UND FINSTERNIS

DER WEG DER FLAMME

by

Detlev G. Winter

Thomas Ziegler

Translated by

Yooichi Shimada

First published 2019 in Japan by

HAYAKAWA PUBLISHING, INC.

This book is published in Japan by

arrangement with

PABEL-MOEWIG VERLAG KG

through JAPAN UNI AGENCY, INC., TOKYO.

目次

光と闇のはざまで……………………七
宇宙の炎の道……………………一二九
あとがきにかえて……………………二六三

宇宙の炎の道

登場人物

レジナルド・ブル（ブリー）……………ローダンの代行
タウレク
ヴィシュナ　}……………………………コスモクラート
エルンスト・エラート……………………メタモルファー
アセンギルド・チェーン（ギルディ）……《アイアン・メイデン》艦長
アドル・クルンメナウアー………………同乗員。火器管制士
ゲリト・クロアレス
ロリー・ネルソン　}……………………同乗員
ユルン………………………………………ブルー族ハネ人
シ＝イト……………………………………ブルー族ガタス人。《トリュリト・ティルル》艦長
ガルファニイ………………………………ブルー族ガタス人。同副長
ギュルガニイ………………………………ブルー族ガタス人。同航法士
エリュファル………………………………ブルー族ガタス人。同首席通信士
ツェセリョ…………………………………ブルー族カルル人。《リョドョグリョ》艦長

光と闇のはざまで

デトレフ・G・ヴィンター

1

かれら国家公務員たちは、もっと都合のいい日を指定することもできたはずだ。もう一日あとだったら、こういう場合に調整すべきことがらを調整する時間くらいはあったのに。

だが、もう時間がない……あすに決まったのだ。あす朝早く、夜明け前に。かれらはいつもそうだ。十分の三年も待たせて、それでもまだてきぱきとこなせないのか。

ブルー族のユルンはコートを脱ぎ、腹だたしげに部屋のすみにほうりだした。数分前、仕事から帰ったかれは、友たちと楽しい夜をすごすつもりだった。だが、見ると重要なメッセージがとどいていることを知らせるランプがインターカムの上で光っていた。当然、無視することなどできない。かれは真っ先に録音を再生した。

メッセージは簡潔かつ腹だたしいものだった。

「第一繁殖ブロックに出頭してください」という録音のあと、かれがそこに行くべき日付と、住所と部屋番号がつづく。最後は、欠席や遅刻がかなりの不利益につながることがある、というほのめかしだった。

ユルンは市民を脅すことを楽しんでいるとしか思えない官僚に向かって悪態をついた。出頭命令がほぼつねに直前になることは、秘密でもなんでもない。準備の時間は多少あるが、成人した、責任あるハネ人にとっては、最小限のものでしかなかった。

キッチンで夕食の準備をする。グリーンがかった粥(かゆ)の缶詰は、ラベルには栄養満点と書いてあるが、味はひどいものだ。ユルンはそれをしぶしぶ口に運んだ。そのあとツュイグリュイリイを一杯飲む。甘いリキュールが腹に心地よい温かさをひろげ、多少は気分がよくなった。居間にもどって第一繁殖ブロックからのメッセージをもう一度再生するころには、それなりにおちつきをとりもどしていた。

いや、やっぱりこの気分をぶちこわしにはしたくない。予定どおり友たちと町にくりだし、あす早朝から試練に立ち向かおう。準備しなくてもだいじょうぶだという自信はあった。

時間どおりに家を出ると外は雨で、もう暗くなりかけていた。空気はみずみずしく、スパイシーな香りがして、極地連山の冷気を運んでくる。

ユルンはふと足をとめ、考えた。雨が頭をたたき、両わきに流れ落ちる。待ち合わせ場所まで自家用グライダーを使ったほうがいいだろうか。試練前の最後の晩となるきょう、それは不用意だと思えた。今夜、アルコールを遠ざけるつもりはない。かれは公共交通機関を使うことにした。

駅は住居区画からそう遠くない。そこには千人以上が住んでいて、昼夜を問わず都市中心部にアクセスできるよう、交通網が整備されているのも当然だった。ユルンは客待ちしていたタクシー・グライダーに乗り、IDカードを読みとらせ、目的地を告げた。自動操縦装置が音声で復唱し、グライダーが動きだす。

ユルンは装甲トロプロンの窓ごしに、無限にひろがる怪物のような町を見おろした。あちこちの個人住居の窓に明かりがともり、それが雨に濡れたファサードや路面に反射して、複雑な模様を描いている。惑星ツュリュト、とりわけ首都のチュリュヴォルは、長年にわたって独自のスタイルを育てあげ、はっきりした特徴をそなえていた。なによりも明確なのは、ハネ人特有の孤立性だろう。ほかのブルー族との付き合いがすくなく、必然的に独自の文化と伝統を有しているのだ。

はげしい雨に視界をさえぎられながらも、ユルンは待ち合わせ場所を遠くから視認できた。レクレルク広場は都市の中心と考えられていて、台座の上に巨大な石像が立っている……過去の不幸な時代に偉業をなしとげたとされる国の英雄、レクレルクを称える記念碑だ。ただ、ユルンは細かい内容を知らなかった。わざわざ台座の文字を読んでみようと思ったことがなかったから。

グライダーが駐機場に着陸。ユルンは自動操縦装置にその場で待つよう指示した。料金はかかるが、いつでも確実に乗れるようにしておきたかった。

友たちはもう待っていた。石像のそばに立って、そうすれば雨が防げるとでもいいたげに、両腕を胸の前で組んでいる。フュイイルは真っ赤なマントをはおっていて、だれもが即座に目を向ける。ユルンにはいつもどおり、その意味がわからなかった。だが、それはかれのスタイルであり、尊重されなくてはならない。もうひとりのブルー族は簡素な服装で、いかにも目立たないが、かれにも独自性があった。クウルン＝キリィオル＝トオリトは、その三つ名からもわかるとおり、ツュリュト出身ではない。たまたまハネ人のあいだで暮らすことになったが、ガタス人だ。機会があるたびにそのことを誇らしげに吹聴（ふいちょう）している。

ユルンはふたりがそれぞれに好きだった。出会ったのは数年前、コンピュータ学習コースでのことで、すぐに趣味が同じだとわかった。以来かれらはインケロニウムとモルケックスのように、いつもいっしょにいた。ツュリュトの自己主張の強い父権的社会では、信頼できる友人を持つのは重要なことだった。

「どこに行く？」挨拶がすむと、ユルンはたずねた。

フュイイルが頭を振って、前方の目から雨のしずくを振るい落とした。

「〝天国の絶妙な被造物〟がいい」と、片手で顔をぬぐいながら答える。

クウルン＝キリィオル＝トオリトが超音波領域で驚きの声をあげた。

「あの安酒場？」と、むっとしたようにいう。「なにを期待しているんだ？　女か？」

ユルンは笑った。突然、翌朝のことと、第一繁殖ブロックからの呼び出しのことが頭をよぎる。

「きみたちは知らないだろう」と、思索的にいう。「正しい関係さえあれば、極地連山での試練など必要ないと真剣に考えているハネ人がいるんだ……」

「おもしろい！」フュイイルが憤然という。「どこでそんな知恵を？　教えてくれたら半銀河系やろう……どうだ？」

「すくなすぎる」と、ユルン。「そもそも、きみはそんな財産を持ってない」

「すぐに手に入れるさ、心配するな。二十四人のライヴァルをさしおいて性の相手を確保するよりはかんたんだ」

「いいかげんにしろ！」と、クウルン。「ブルー族の女は品物じゃない！」

「きみにとってはな」フュイイルがいいかえす。「きみはガタス人だから、価値観が違うんだ。男女平等といいたいんだろうが、われわれは自然にしたがう。倫理感が異なるんだよ」

「ばかげた議論だ」と、クゥルン。「性行為をしていないからそんなことをいうのだな。そろそろだれかに相手をしてもらってもいいころだ」

フュイイルはぶつぶつとなにかつぶやいた。ユルンは友も自分と同じくらいとまどい、自信をなくし、頭に血が昇っているのだろうと思わずにはいられなかった。考えはじめたらとまらなくなる気がして、

「わたしもそこでいい」と、賛同する……さっさと決めてしまいたかったし、話をそらしたくもあったから。「〝天国の絶妙な被造物〟で決まりだ！　早く行こう」

クウルン＝キリィオル＝トオリトは不服そうだったが、多数意見にしたがった。

三人は無言で歩いていった。いつもは饒舌なのだが、きょうはそれぞれ、自分の物思いに没入している。ユルンは憂鬱だった……まるで、自分たちのあいだに楔かなにかがいきなり打ちこまれたかのようだ。極地連山に出発する前の、最後の晩だというのに。

町角でがさつな若者たちに行き会った。どうやら、どこかの僧院住居を卒業したばかりらしく、大人相手に思春期の憂さを晴らしたいようだ。前の日だったら喧嘩になっていたかもしれない。だが、きょうはなにもかも違っている。三人はそのまま少年たちを無視した。フュイイルだけは侮蔑的な身振りを見せたが。

なぜ気分が高揚しないのか、ユルンにはわからなかった。だが、思うところはあり、その疑念はますます強くなっていた。

それでも〝天国の絶妙な被造物〟に着くと、ムードはずっとよくなった。ユルンとクウルンは水の滴るコートを脱いだが、フュイイルは赤いマントをそのままにしている。見せびらかしたいのだ。そんな高級素材の衣服を買う財力がある者は、ハネ人にはすくないから。ユルンはそれを傲慢だと思った……以前はそんなふうに感じたことなどなかったのに。

飲み屋は大きな部屋に奥から手前まで何列もテーブルをならべ、簡素な木のベンチを置いたつくりだった。あいている席はない。空気は白く煙っている。ブルー族がGAVÖKに参加して以来、テラナーの喫煙習慣はツュリュトにもひろまっていた。宇宙ハンザから大量の煙草を輸入しているのだ。中毒性のある嗜好品だが……自分から中毒者だと認める者はいない。

三人はカウンターで陽気なハネ人数人のあいだにからだをねじこみ、ツュイグリュイリイを注文した。ユルンはそれをひと息に飲み干した。アルコールにも中毒性がある。ニコチンよりも害は大きいくらいだ。心を曇らせ、肉体だけでなく精神を過度に破壊するから。だが、きょうのユルンに自制する気はなかった。かれは手をあげ、バアテンダーにおかわりをたのんだ。

「ペースが速すぎるぞ」クウルンが注意した。「どんな悩みを洗い流そうとしてるんだ?」

「悩みなんかない」ユルンがしずかに答える。「うまいから飲んでるだけだ」

「だれもがそういうが、わたしはだまされないぞ、友よ。なにか悩みがあるにちがいない！」クウルンは思わせぶりに言葉を切り、フュイイルに注意をうつした。「きみもだ！　どうしたんだ？」

　ユルンとフュイイルは顔を見あわせ、笑いだした。消えていた共感がよみがえる。だが、それはほんの短いあいだのことだった。まるで不気味なバリアに隔てられたかのように、笑い声がぴたりととまる。

「なにが原因か知らないが、次は機嫌が悪いなら先にいってくれ。これでは楽しくない」クウルンは頸を伸ばし、周囲を見まわした。「ここには女がひとりもいないんだな！」

　またしても甲高い笑い声が、こんどは近くで話を聞いていたブルー族全員からあがった。

「当然だろう！」ユルンはおもしろがって、クウルンの肩に腕をまわした。「ペアになるには、自分の番がくるまで待たなくては……その上で、ライヴァル全員を蹴落とすんだ。きみにはできそうにないが」

　クウルンは不快そうに身じろぎした。

「そんな必要はない。ガタス人だからな」と、誇らしげにいう。

「ああ、貴族さまがいるぞ」と、一ブルー族がからかった。「それで、なぜツュリュトでうろうろしているんだ？」

「ほうっておいてやれ！」ユルンはぴしゃりといって、三杯めを飲み干した。「兄弟喧嘩はそこまでだ」

「もっとやったっていいじゃないか」相手ももうしらふではないらしい。「ガタス人をやりこめられるなんて、毎日あることじゃないからな」

「ツュリュトは美しい惑星だ」クウルンが皮肉をこめていう。「ガタスから一万八千光年はなれていて、訪れる者はほとんどいない。せいぜい、わたしの嫌いな宇宙ハンザの船がときどき着陸する程度だ。ハネ人自体、数隻の老朽船しか持ってないだろう。恒星間航行できるのが何隻あるか知ってるか？」

男は頭を揺らして考えこんだ。

「そうだな……四隻かな……」

「二隻だ！」と、クウルン。「たった二隻だぞ。どっちもここ数年はガタスに立ちよってない。だから、わたしのほうからきたんだ。だが、文句をいう気はない。ツュリュトは美しい世界だ。友もいる。それ以上、なにを望む？」

相手のブルー族はちいさく笑った。

「女だろうな。極地連山に行ったことはあるか？」

「ない」クウルンがはねつけるように答える。「第一繁殖ブロックが選択時に考慮するのは、ハネ人だけだから」

「つまり、すでに応募したが、断られたと……」

「さっきもいったとおり、きみたちの野蛮なやり方などわたしには必要ない」

相手は否定するように手を振った。

「ごまかすな。当然、応募したんだろう！　お見通しだよ。強情すぎて認められないだけだ」

クウルンはすくなくとも外見上は冷静さをたもった。ただ、第一繁殖ブロックについて白状してしまったことは、自分でもわかっているはず。

男は秘密めかして不恰好に身を乗りだした。

「噂によると、ちょうどまた妊娠適齢期の女ハネ人がいるらしい。あすには競争がはじまるはず……」

ユルンは四杯めのツュイグリュイリイにむせそうになった。五杯めももう、目の前のカウンターに置かれている。かれは自分が召喚されていることを告げ、相手を黙らせるべきかと考えた。だが、ずっとフュイイルにいだいている漠然とした感情のせいで、それを思いとどまった。たぶん黙っているほうがいいだろう。

「実際、なにがいいたいんだ？」クウルンが鋭くたずねた。「わたしに違法に競争に参加して、罰を受けろというのか？　なにが目的だ？」

男は防御するように両腕をひろげた。

「そんなことは……」と、わざと気軽な口調で答える。「そんなことは全然……！」

かれがひそかにクゥルンに違法行為をそそのかしたのは明らかだった。歴史的に根深い兄弟部族への敵対感情が、厄介なかたちで姿をあらわしたのだ。そのやり口はきわめて卑劣なものだった。

ユルンは次の一杯をひと息に飲み干し、煽動者をきびしく非難する決意をかためた。必要なら実力行使もいとわないつもりで。だが、かれはなにもいえなかった。

それまで黙って話を聞いていたフェイイルが、突然、尊大な調子でまくしたてたのだ。

「この男のいうとおりだ！　争う理由などない。候補者はとっくに選抜され、召喚されている。わたしもそのひとりだ！」

ユルンは雷に打たれたような衝撃を受けた。たじろいで、重荷を乗せられたかのように、思わず頸をすくめる。

わかっていた。この晩ずっとわかっていたことだ！　疑念が確信に変わった。

未知の相手がまた笑いだした。その顔は悪意にゆがんでいる。ユルンは事実を直視できず、バアテンダーに向かって指を二本伸ばすと、四つの目をすべて閉じた。ふたたび目を開いたとき、かれの前には酒のグラスがふたつ置かれていた。

「わたしもだ！」と、未知の男。「では、善意の忠告をしよう。やめておけ。わたしを相手にして、チャンスはない！」

そんな言葉がユルンのなかを素通りし、やがてゆっくりと意味をなした。なぜこの店が〝天国の絶妙な被造物〟と呼ばれているのか、ようやくわかった。思考が混乱してくるが……それでも、天国のようにすばらしいものがあるということ！　かれはまた指を二本立て、IDカードを出して支払った。

ほかの者たちの話はもう耳に入らない。惑星ツュリュト独特の状況が、自分たちに多大な犠牲を迫っている。ユルンはアルコールの力で驚きを押し殺すしかなかった。

なぜなら、かれはその晩、未知のブルー族が敵であることを知り……親友をひとり失ったのだから。

*

翌朝はつらかった。目ざましにたたき起こされたとき、頭はリズミカルに振りおろされる鍛冶屋のハンマーのようにがんがんしていた。鋭く鳴りひびく音がなんなのか、理解するのにしばらく時間がかかったくらいだ。

ユルンはのろのろと起きあがった。両腕をベッドの枠についてからだを支え、平衡感覚が前夜の逸脱行為を克服するのを待つ。四つの目の焦点がなかなか合わず、視野がはっきりしなかった。周辺視野はぼやけ、ものの輪郭が重なって見える。頭は長い頸の上でぐらぐらと揺れていた。

かれは低くうめいた。早くも眠りにもどって、二日酔いから逃れたくなる……そのとき、なぜ目ざましをこんな時間にかけていたのかを思いだした。最後にのこっていたやる気が頭をもたげる。かれは慎重に立ちあがり、目眩(めまい)がせめて半分くらいおさまるのを待って、よろよろと部屋を横切る。

グリーンの砂の被造物が第一繁殖ブロックの責任者を連れ去るといい！　こんな時刻にまじめな市民を呼びだすなんて！　外はまだ真っ暗で、ユルンの住居には節約照明の薄暗い明かりしかなかった。エネルギーが配給制なので、照明が完全に点灯するのは一日のうち十分の四時間のみ……ふつうのハネ人の一日がはじまる時間帯だけだ。

ユルンは薬品戸棚の扉を勢いよく開け、箱や缶や瓶のあいだを手探りした。不器用にも、探しものを見つける前にいくつか床に落としてしまう。グリーンの錠剤はふたつしかのこっていなかった。アルコールに侵された頭を即座にすっきりさせ、二日酔いを軽くしてくれる薬だ。念のため、二錠ものんでおこう。第一繁殖ブロックに到着するまでにしらふにならなければ、行く意味がなくなってしまう。

別室でグラスに水を注(そそ)ぎ、錠剤を服用。バスルームに入って、マッサージと疲労回復プログラミングを作動させた。手荒い方法だが、前夜の影響を払拭(ふっしょく)する役にはたつ。肌を刺す冷たいシャワーを浴び、徐々に薬が効いてくるのを感じた。バスルームを出るころには視界が明瞭になり、ほかの感覚ももどってきた。体毛についた水滴を胴震いして振り落とし、ドライヤーで全身を乾かしてから衣服を身につける。気分はだいぶましになっていた。

時間がないので朝食はあきらめる。何週間か不在になると、知人や役所に知らせることもできそうにない。かれはインターカムに短いメッセージを保存した。だれかが連絡してくれれば、どうして本人が応答しないのかわかるはず。職場にだけは欠勤理由を直接送信した。上司のヒュリイエルは始業と同時に怒り狂うだろうが、それはどうにもできない。

ユルンは急いで住居をあとにした。第一繁殖ブロックまではほんの数区画で、徒歩でも充分まにあう。無人の街路は雨があがってゆっくりと乾きはじめていた。壮大な管理棟の前まできて、足どりをゆるめる。その建物を見ただけで、当局は市民を萎縮させようとしているのではないかと、不安な気分になった。

多くの窓に、すでに明かりがともっている。部屋には職員が待機していて、それぞれ候補者ひとりを相手に情報を提供し、ゲームのもっとも重要なルールを教えるのだ。早めに到着するほど計略を練る時間が長くとれるので、ライヴァルを蹴落としやすくなる。明らかに有利になるわけだが、通常、当局は目をつぶっていた。

ユルンは深呼吸をした。ロビーに入り、神経質になる理由はなにもないと、くりかえし自分にいいきかせる。出頭したことを告げ、リフトで四階にあがり、殺風景(さっぷうけい)な長い通廊を歩いて、〝かれの〟職員がいる部屋に向かう。べつの候補者がリフトから出てきたらしく、背後に足音が聞こえた。ユルンは気にせず、後方の目を閉じて、その姿を見ないようにした。ライヴァルであることはわかっているから。

戸口をくぐり、短く挨拶する。職員は大きなデスクの向こうにすわり、心底、退屈そうな表情だった。

「どうしてここに呼ばれたのかはわかってるな」と、ざっくばらんな口調でいう。「ここにくるハネ人はみんな知ってることだ」

ユルンは身振りで同意をしめし、ふたつある訪問者用の椅子の片方に、なにもいわずに腰をおろした。デスクの上のちいさなプレートには、リュユトリイオイクという職員の名前が書いてあった。どうやら毎日長々と同じせりふをくりかえしているため、すっかり飽き飽きして、説明もいいかげんになるらしい。

「ヒンクリイト僧院住居からわたしの所属する第一繁殖ブロックに、ブルー族の若い女がまたひとり、性的に成熟したと連絡があった。彼女はすでに卵の巣にいて、パートナーを待っている。その意味はわかるな?」

「もちろん」ユルンは室内を見まわした。デスクのほかにはコンピュータの操作卓とモニター、それに古めかしい書類キャビネットがあるだけだ。職員の背後には惑星北半球の地図がかけてあるが、壁にはそれ以外なにもなかった。

「きみはこの卵の巣を割りあてられた二十五名のなかのひとりだ」リュユトリイオイクが低い声で話しつづける。「知ってのとおり、最初に巣にたどりついた者が女のパートナーになれる。これがわれわれの選択原理で、ほかの方法はない。背後関係はわかっていると思うが……」

「いえ」ユルンは思いきって声をあげた。「正確には……」

職員は顔をしかめた。明らかに面食らっている。

「きみが正確に知らないのはわたしのせいではないが、ざっと説明しよう。ハネ人はふたつの点がほかのブルー族と異なる。たぶん地元産の食糧が原因で生化学的な影響が生じたと、今日(こんにち)では考えられている。第一。ハネ人は小柄で出生率が低く、人口は二十億程度。第二。新生児の男女比は、統計的にほぼ二十五対一になる。こうした特徴がわれわれの社会構造を規定している。子供のころに習わなかったかね？」

「習いました」と、ユルン。「その話は知っています。もっとべつのことだと思っていました。あなたが〝背後関係〟といったので」

「ほかになにがあるというんだ？　わたしもこれ以上のことは知らない。もっと細かい情報や分析結果が知りたいなら、第八知識ブロックか、第三統計ブロックかどこかに行きない」

くことだ。わたしの管轄ではないから、いずれにせよ、きみになにもかも話すことはできない」

「そこまでは期待していません」

リュユトリイオイクはその言葉をどう解釈すればいいのか迷っているかのように、じっとユルンを見つめた。名誉を傷つけられたと思ったか、劣等感をおぼえたのだろう。

「話をもどそう」職員はようやく、不機嫌そうに説明を再開した。「おぼえておいてもらいたいルールがいくつかある。最初に卵の巣にたどりつきたければ、二十四名のライヴァルを抜き去るか、完全に行動不能にするしかない。これは当然だな。スタート地点は全員ばらばらだが、目的地までの距離はすべて同じだ。だれかがとくに不利にはならないようにしてある。ただ、スピードが速ければいいというわけではない。ライヴァルに出会ったら、自分の優位を確保しなくてはならない。どうやるかは自由だ……必要なら決闘でもいい。トリックだろうと汚い手だろうと、なんでもありだ。ただしひとつだけ、ライヴァルを殺すことは許されない！」

一拍おいて、言葉が浸透するのを待つあいだに、かれは薄いボードをとりだし、デスクの上にたたきつけるように置いた。ユルンは身を乗りだした。極地連山の地図だ。山頂のひとつが青い点でマークされている。

「この地図を持っていけ。場所の確認に役だつはず。青い点が目的地だ。そこに卵の巣がある」

ユルンはボードを受けとり、コートのポケットに入れた。しだいにおちつかなくなってくる。すでにスタートした者がいるとしたら、職員とこれ以上話をつづけるのは無意味だ。

ライヴァルの情報を教えてもらえるわけではない。

「一階の物資配給庫に装備がある。防寒服やコンパスなどの必需品だ。そのあと、べつの職員がきみをスタート地点まで運んでいく。そこからは単独行だ。だれも殺してはいけないことを忘れるな！」

ユルンは椅子のなかで性急に身じろぎした。

「もう行っていいですか？」

「ああ、もちろんだ」リュユトリイオイクはほっとしているようにさえ見えた。「ほかに質問は……？」

「ありません」

「では、幸運を祈る」

ユルンは部屋を出て、物資配給庫に急いだ。女ハネ人とパートナーになることを、自分がこれほど熱望するとは思っていなかった。身がたぎるようだ。いままで教育と社会的束縛によっておさえられていた自然な欲求が、いっきに噴きだしている。無意味だった年月は終わり、極地連山でとうとう男になれるのだから。

フュイルのことを考えても、その気分に水をさされることはなかった。ゆうべいっしょに町を歩いた友など、たとえ出会っても障害にはならない。性欲の前に、ほかの感情はことごとくおさえこまれていた。極地連山ではどんな感情も、過去の友情も意味がない。ものをいうのは力とスピードと抜け目なさ……それだけだ。

2

その生物は体長が三十センチメートル、直径が太いところでたっぷり八センチメートルはあった。特製のテーブルのまんなかで身動きせず、明るいランプの光に照らされている。胴体には等間隔でななめに筋が入り、それがリング状の部品をつなげてつくられているような印象をあたえた。

アドル・クルンメナウアーはしずかにテーブルに近づき、しゃがみこんで、両腕を肘までテーブルのはしに乗せた。かれはその生物に魅せられていて、間近から見られるめったにないチャンスは見逃せなかった。形状は大きすぎるテラのイモムシで、そこに知性的な現代アートを思わせる白とピンクの水玉が散っている。胴体の下には多数のちいさく短い肢があった。イモムシはそれを気持ちよさそうに伸ばしている。

しかも……信じられないことに……そいつには顔があった！　まるくてしわだらけで口が大きく、女艦長の顔にそっくりだ。人間とペットが長くいっしょに暮らしていると、顔が似てくるといわないか？　問題は、どっちがどっちに似たのかという点だ。

アドルはそう考えてちいさく笑い声を漏らし、思わず自分を平手打ちしたくなった。アセンギルド・〝ギルディ〟・チェーン艦長は老齢だが、とてつもなく耳がいい。

「クルンメナウアー！」司令スタンドから彼女の甲高い声が飛んだ。「そこからはなれなさい！　ゴリアテにちょっかいを出すんじゃない！」

アドルはしたがおうとしたが、ゴリアテの表情が変化したので、その場を動けなくなった。口と無数のしわが左右にひろがり、まるでイモムシが頬をふくらませ、幸せそうに笑っているかのようだ。

司令スタンドから怒声が響く。

「クルンメナウアー！　これが最後の警告だよ！　ゴリアテのそばをはなれないなら……」

彼女はそこで言葉を切り、実力行使に出ることにしたようだ。アドルの耳に荒々しい足音がとどく。災厄が近づいていることはわかったものの、アドルは魅惑のホエイモムシの前をはなれられなかった。

当のイモムシはといえば、かれの存在よりも艦長の金切り声のほうが気にいらないようだった。満足そうな笑みが消え、しわの位置が変化し、明らかに不快そうな表情になる。薄いまぶたが左右に開き、ゴリアテが目ざめた。ふたつの大きな、玉虫色にきらめく複眼がアドルを見つめる。

その横にギルディが立った。

「クルンメナウアー!」

ゴリアテが口を開いた。左の上唇をあげて右の下唇をさげた、グロテスクな表情だ。イモムシはライオンの咆哮(ほうこう)に似た音を発した。顔が崩れはじめる。しわだらけの表情が爆発したように見え、背の部分が瘤(こぶ)のように盛りあがり、大きな口がまるく黒い穴になる……司令室に大きく恐ろしい咆哮がとどろき、アドルは鼓膜が破れたかと思った。

文字どおり跳びすさり、あわてて立ちあがってテーブルからはなれる。ゴリアテが咆哮しながら嵐を呼び起こしたとしたら、もっとひどいことになっていただろう。見ると艦長がやさしく両手を伸ばし、イモムシを下からすくいあげて肩に乗せていた。

ライオンの咆哮がしずまる。艦長はアドルに怒りのこもった視線を向けた。いい兆候ではない。それでも、かれは幸運だといえた。ギルディはかれの行動を、懲罰の対象となる不服従とは考えていないようだ。彼女はマスコットを肩に乗せたまま背(そびら)を返し、無言で司令スタンドにもどった。

だれかがかすれた笑い声をあげる。さぞ自分がおどおどして見えたのだろうと、アドルは思った。《アイアン・メイデン》の乗員なら、ゴリアテの咆哮のことはだれもが知っている。だが、これほど近くからそれを食らって、火器管制士は全身を恐怖に震わせた。なんとか立ちなおろうとしていると、やさしい手がかれの腕をとった。

さっき笑った男が同情するようにアドルを見ている。そばかすのある顔にブルーの目、赤毛の剛毛を短く刈りこんでいる。

「元気を出せ、若いの」レジナルド・ブルが共感を感じさせる口調でいった。「惑星アツィルクのホエイモムシに関わった者は、だれもがそうなる。ひどい目にあったのはきみが最初ではない」

アドルは息をのんだ。細胞活性装置保持者のそばにいると、正確な理由はわからないが、なぜかおちつかなくなる。

「あなたも……やはり……？」

「まあな」ブルはむっつりとうなずいた。「わたしもだ」

かれはそれだけいうと踵を返し、司令スタンドに向かうと、そこでアセンギルド・チェーンと小声で話をはじめた。アドルはしばらくそれを見つめたあと、自分の任務にもどった。若者にとって、小太りのハンザ・スポークスマンは生きた伝説だった。かれが近くにいるとおちつかないのも、たぶんそれが理由だろう。ブルは相対的不死という、謎めいたカリスマ性をまとっている……アドルには手のとどかない、ましてや共感できるはずもない、遠い時代から生きているのだから。

＊

「あの男がどんな無礼な態度でゴリアテに近づいたか、見ましたか？」ギルディは憤然といい、マスコットをそっとなでた。「この子はとても繊細なんです」

「きみの声で目をさましたように思えるがね」と、ブル。「ずいぶん大きな声だったから」

「まさか！」艦長は憤慨した。「何度も説明したじゃないですか！　ゴリアテには毎日紫外線を浴びる必要があり、それにはあの特殊ランプの下で眠ることが不可欠です。そうすることで緊張を解き、力を蓄えるんです。わかりますか？　乗員が次々に観察しにきて休息時間をじゃましたら、いったいどうするつもりです！　わたしが興奮するのは当然です！」

「悪いほうに考えすぎだ。クルンメナウアーはきみの愛するマスコットに、手出ししようとはしていなかった」

「わたしもそんなことはいっていません」

ブルは困ったようにため息をついた。

「休息のじゃまもしなかったろう。黙って見ていただけだ。やれやれ、アドルはまだ若く、世慣れていない。それを叱責できるのか？　いろいろなことに興味があるのだ」

「あの男は〝ぐず〟です！」

まるでその言葉を強調するかのように、ゴリアテがふたたび大きな咆哮をはなった。

ブルはシートに腰を落とし、両手を握りしめた。ホエイモムシが大音響を発するたびに、かれの神経系のかなりの部分に音の嵐が襲いかかるのだ。そろそろ耐えられなくなっている。いずれは破裂してしまうだろう。もはや猶予はほとんどない！

ようやくゴリアテがしずかになったとき、ブルの両手は震えていた。

「ひとついっておく、ギルディ」と、苦労して言葉を押しだす。「もしきみがすぐにもあの……あの怪物をしつけないなら、どうなるかわからないぞ」

艦長はブリーをにらみつけた。

「それはどういう意味で……？」

「それは……それは……」ブルは一瞬ためらったあと、勢いよく立ちあがって叫んだ。「あいつの首をねじ切ってやるということだ！」

ギルディは無言だった。ゴリアテは口を開いた……が、細胞活性装置保持者の言葉が冗談ではないとわかったかのように、すぐにまた口を閉じた。

むふん、とちいさく音を鳴らす。

「よろしい」ブルが満足そうにいった。「うまくいった。ときには強硬さも必要だな」

「なんて残酷な！」と、ギルディ。

ブルは大きな笑みを浮かべた。艦長の性格はもう充分にわかっていて、その言葉をすべて真に受ける必要はないと理解している。アセンギルド・チェーンは経験豊富で慎重な、信頼できる女指揮官だが、そのごつごつした殻の下には柔らかな心があって、しばしば感情があふれでてしまうのだ。痩せ型で、髪はグレイ、厳格な顔に刻まれた無数のしわは老齢の証しであるとともに、彼女の誇りでもあった。化粧が必要だと思ったことはない。いま退役を目前にした彼女にブルが望むのは、LFT艦隊勤務の最後の数週間くらい、すこしは気楽に航行してもらいたいということだった。だが、《アイアン・メイデン》での航行は、またしても彼女にすべてを要求していた。

これまで背景にかくれていた混沌の勢力が活動を活発化させ、攻勢に出てきたのだ。かれらは〝エレメントの十戒〟を使い、銀河系を横断する無限アルマダの航行を妨害しようとしている。ブルの予想では、いずれすべてがその影響を受けることになる。高速巡洋艦《アイアン・メイデン》は、エレメントの十戒のぞっとする影響をはじめて感知したテラの艦船だった。

十戒という名称からもわかるとおり、エレメントは十個ある。そのすべてが判明しているわけではなかった。タウレクとヴィシュナも断片的な情報しか持っていないのだ。だが、それはいずれなんらかのかたちで襲ってくる……その思いが不安と恐怖をかきたてた。

冷気エレメントはどうにかできた……代償として惑星ゴルゲンゴルは破壊され、炎の標識灯の点火を前倒しすることになったが。ただ、冷気エレメントはまだ存在し、銀河間空間を侵食している。その脅威に直面するのは、もっとも危険が大きい、当該空間で活動する艦船だけにとどまらなかった。二百の太陽の世界とポスビの各拠点にも影響がおよぶ。最終的にはペリー・ローダンが無限アルマダとともにその宙域に入りこむ可能性もあった。かれと数十億の同行者たちにとって、それは破滅を意味する。

ブルの心配ごとはそれだけではなかった。目の前に積みあがった問題はもっと複雑なものだ。ゴルゲンゴルの炎の標識灯はついに高さ八億キロメートル、幅五千万キロメートルにも達し、もとの場所をはなれていた。巨大なブルーの炎はリニア空間にもひろがって銀河イーストサイドのはずれをめざしている。

当然、このことの影響は大きかった。イーストサイドにはブルー族のさまざまな部族が居住している。そこに炎の標識灯が到達したら、どんなカタストロフィが起きるか予想がつかなかった。それを見ただけでパニックが、あるいは誤解や過剰反応が……

そのため、ブルはためらいなく予防処置をとった。アセンギルド・チェーンひきいる《アイアン・メイデン》と、タウレク、ヴィシュナ、エルンスト・エラートを乗せた《シゼル》に、炎を追尾させたのだ。ガタス人の艦隊指揮官シ＝イトが乗った《トリュリト・ティルル》をはじめとする二百三十隻ほどのブルー族艦隊も合流した。ただ、エンジン性能の違いから、ブルー族はかなり遅れている。

ブルは短い剛毛を片手でなでつけた。なにが起きるとしても……介入が必要になったら、それを実行するのは《アイアン・メイデン》だ。かれは横目で女艦長を見た。ギルディは一心不乱に航行データを見つめている。

なんとまあ！　ブルは心のなかでつぶやいた。あの奇矯な老女には、もっとおだやかな退役任務がふさわしかったはず！

だが、本人はこのほうが幸せなのではないか？　だれにもわからないが。

*

「〝クロノフォシル〟ってなんだい？」ゲリト・クロアレスがたずねた。

ちょうどホログラムの精査に熱中していたロリー・ネルソンはいらだたしげに振り返った。長身の男が隣りのシートに腰をおろし、身を乗りだして、暗褐色の目で彼女を見つめている。男の目には彼女に対する個人的な興味がはっきりとあらわれていた。またか！　ロリーはいつもどおり、かれを冷たくあしらった。

「知るわけないでしょ。知りたかったらわたしじゃなく、タウレクに訊きなさい！」

「おやおや」ゲリトがおもしろがるようにいう。「なんでそう冷たいんだい、かわいこちゃん？」

「あなたがそんなだからよ！」

ロリーはかれの話がどれほど退屈かをわからせるため、目をむいてみせ、作業にもどった。だが、ゲリトはへこたれない。片手を伸ばし、指先で彼女の肩をつついた。

「聞いたところじゃ、ゴルゲンゴルが消滅したあと、ヴィールス・インペリウムは銀河系を横断する無限アルマダの最適コースを決定できなくなったそうだ。だからローダンが到着したら、航路標識の役目をするのは炎の標識灯と……クロノフォシルになるらしい」

「だれがいってるの？」

「タウレクさ」

ロリーは口もとをゆがめた。

「ま、納得できる話には思えないけど……タウレクがそういってるなら、それでいいわ」

「当然、われわれがいまのところ理解できない背景があるんだろうけどね。残念ながら、われらが友のコスモクラートは口数が多くない」

「そのぶん、あなたがしゃべるけど！」と、ロリー。「いつになったらしずかに作業をさせてくれるの？」

ゲリトはにやりとした。

「クロノフォシルのヒントをくれたらすぐに」

ロリーの忍耐が限界を超えた。この男はなれなれしく距離を詰めてくるが、彼女はそんなこと望んでいない。ロリーは憤然と、こぶしをコンソールにたたきつけた。「そんなの知るもんですか！」と、大声をあげる。「だれも知らないでしょ！　ひとついっておくわ、ジゴロ気どり。あなたのぶざまな口上はあばずれの悪女か、どこかほかの尻軽女にでも使うことね。わたしに話しかけないで！」

その怒りの叫びは司令室の全員が聞いていた。効果はてきめんだった。ゲリトは乗員たちの前で面目を失ったと感じて恥じ入る……そのとき、ゴリアテが咆哮した。

そこにブルの大音声がくわわる。もうすこしでギルディのマスコットの咆哮を圧倒しそうだ。

ロリーもさすがにこれは予測していなかった。なれなれしいゲリトをへこませようと思っただけなのに、周囲の注目はすっかり彼女自身のほうにうつっている。

あのイモムシさえいなければ！

ゴリアテの声がやむと、艦長がロリーの背後に立っていた。

「お嬢さん……」おだやかにはじまった声は、一語ごとに大きくなっていった。「われわれはここに遊びにきてるわけじゃないの。いちゃつくのはかまわないけど、それは非番のときにしなさい。勤務中は、とくに今回のような任務では、最高度の集中力が必要になる。これは全員に当てはまるんだよ！」

ロリーは振り向きもせずにうなずいた。

どこからかうなり声がした。

「お黙り、ゴリアテ！」

「ぐるぷ」

ギルディが司令スタンドにもどると、ロリーはゲリトを一瞥(いちべつ)した。これでかれも黙るだろうと思ったのだ。だが、そうはいかなかった。はっきりと拒絶されて、いっそう活気づいたようだ。かれは両腕をひろげ、謎めいた笑みを浮かべた。

「手がかりはたぶん過去にあるぞ」と、小声でささやく。「言語にはくわしくないが、〝クロノ〟というのは時間すなわち歴史に関連するだろう？　それに〝フォシル〟は化石だからな」

それはたしかだろうが、だからといって謎の解明が多少とも進むわけではなかった。タウレクはクロノフォシルという言葉で、人類には把握できない概念をあらわそうとしている。人間の理解力はおよばず、具体的に想像できないのだ。そう思うと、ロリーは不安を感じた。

ゲリトはそんなことに気づきもしない。彼女は片眉を皮肉な感じにあげた。

「頭が切れるのね。だったら、どうしてわたしなんかにたずねるの？」

相手はぱちんと指を鳴らした。

「それはね……」

「まったく！」ロリーは艦長の注意を引かない程度の声でいった。「あなた、ほんとうにばかでしょ？」

「どうとでもとればいい。きみの存在がわたしを刺激するのさ」

もうがまんできないわ。ロリーは後先かまわず、ふたたび爆発しそうだった。冗談ではすまされない。ゲリトに対する反感は募るばかりだ。彼女は決断した。転属を申請しよう。そうすれば、もうこの男と顔を合わせずにすむかもしれない。

そんな腹だたしい思いを破ったのは、ギルディの金切り声だった。

「警戒して！　全速後退！」

ロリーは即座にわれに返り、気を引きしめた。ゴリアテの短い咆哮も、いきなり司令室を襲ったはげしい揺れも無視する。《アイアン・メイデン》は通常空間に復帰した。大全周スクリーンに巨大なブルーの炎の光学映像が表示される。艦はほんの数光秒の距離でその炎を追尾していた。走査機は並走するパイプ形の《シゼル》をとらえている。艦首側には銀河系の星々が輝いていた。

最初見えたのはごく近傍の黄色い恒星だった。炎の標識灯はまっすぐそこに向かいながら、徐々に減速している。《アイアン・メイデン》もコンピュータ制御により、同じように減速した。測定結果と各種データが司令室に表示される。

ロリーは作業にとりかかった。画面に現在ポジションの情報があらわれる。コンピュータが恒星リストと、実際の恒星の配置を比較する。ロリーは適切な命令を打ちこむだけでよかった。一瞬のちにはもう結果が表示される。

その結果はだれでも自分のコンソールに呼びだすことができた。司令スタンドには自動的に送られる。それでもアセンギルド・チェーンは、計算結果や分析結果をただちに口頭で報告するようもとめた……古きよき父祖の時代からの習慣だといって。それにしたがわない者はいなかった。

「ポジション確定」ロリーがいった。「正面の恒星は登録されています。固有名はプリイルト、惑星は三個で、第二惑星に住民がいます。記録によると、ブルー族の文明が存在……」

＊

「これを恐れていたんだ」ブルがうめいた。「炎の標識灯が居住者のいる星系に接近するのを……！」

かれは不安にさいなまれた。炎が惑星と接触したら、なにが起きるだろう？

司令室から報告がとどき、かれは重要なデータを画面上で確認した。

プリイルト星系　銀河系辺縁部に位置し、テラからの距離は七万九千三百八光年、ガタスからの距離は一万八千四百光年。スペクトル型はG、質量はソルの三分の二。
第一惑星　主星からの距離は三千五百万キロメートル、地表は部分的に液状の溶岩におおわれ、大気はなし。
第二惑星　主星からの距離は一億一千五百万キロメートル、湖と内海のある大陸がひとつ、大気と気候は地球に類似。注意。この惑星には居住者が存在する。ブルー族の一部族、ハネ人が現地文明を形成。人口二十億。惑星の固有名はツュリュト。
第三惑星　主星からの距離は二億七千五百万キロメートル、地表は凍結、火星サイズ、大気はなし。

おおざっぱな情報だが、指針を決める参考にはなった。正確なデータや数値も要求すれば出てくるが、ブルは必要ないと考えた。だいたいの数値と、ソルとテラとの比較があれば充分だ。

「タウレクを」かれは艦長に向きなおった。「タウレクと話がしたい。すぐにだ！」

「どうしてそうぴりぴりしているんです？」ギルディがおだやかにたずねる。「時間はあります。炎が惑星に到達するまで、あと一時間はかかるでしょう」

「一時間！」ブルが荒々しく応じた。「わかっているのか、一時間がどれほど速く過ぎ去るか？」

「もちろんです。年はとっても、おろかではありませんから」

「すばらしい！　だったら、わたしがタウレクと世間話をしたいわけではないこともわかるだろう」艦長が動かないので、ブルははげしく両腕を振りまわした。「いいから急げ！　通信をつなぐんだ！」

ギルディはなだめるような笑みを浮かべ、いい大人がなにを興奮しているのか理解できない、といいたげにかぶりを振った。マスコットの背中をなで、小首をかしげてそちらを見る。

「聞いたかい、ゴリアテ？」と、小声でたずねる。「この人はハンザ・スポークスマンの代表で、たいへんな重要人物だよ。ただ、ときどきLFTの艦に乗っていることを忘れてしまうらしい。LFTは独立した政治機構で、宇宙ハンザは営利的な通商企業だ。通常、両者は緊密に連携して活動するが、ハンザ・スポークスマンにはLFT艦長への命令権限はない……わかるかい、ゴリアテ？　命令なんてできないんだ」

ブリーは硬直し、言葉もなかった。はらわたが煮えくりかえる。もちろんギルディのいうとおりだが、いまここでかれの権力がかぎられていることを指摘する目的がわからなかった。これまでかれと艦長の関係は良好だったのだ。

ギルディは芝居がかったため息をつき、イモムシの頭をなでた。

「でも、そうもいっていられないね、ゴリアテ。通信をつないでやるとしよう」

彼女はブルに向かって片目をつぶってみせ、振り向いて《シゼル》と連絡をとった。ブルは怒りをおさえこんだ。タウレクのそばかすのある顔が画面にあらわれる。背後にはヴィシュナの姿があり、その横にはエルンスト・エラートのヴィールス体も見えた。

「炎の標識灯が居住者のいる星系に向かっている。どうすればいいか、相談したい」と、ブル。

コスモクラートの猛獣のような黄色い目は、無限の闇を見ているかのようだった。

「なにもしなくていい」

ブルのなかでなにかがこわばり、怒りがおさえきれなくなった。

「どういう意味だ？　なにもしなくていい？」と、大声をあげる。「前方の第二惑星には二十億のブルー族がいる。大惨事が起きるぞ」

タウレクは片手をあげた。おだやかな笑みを浮かべている。

「それはない、友よ。炎は危険なものではない。むしろその逆だ」

ブルは重い息をついた。例によってコスモクラートの説明は、情報を持っているとしても、それを細切れに出してくるものだった。そのやり方で、すでに何人かを激怒させたもの。ブルは懸命に怒気をおさえた。

「説明してもらおう！」

「炎の標識灯は銀河系を横断する無限アルマダを先導する」と、タウレク。「だが、それだけではない。その任務は多岐にわたる。そのひとつが、銀河系諸種族にアルマダの到来をポジティヴに迎えさせるというものだ。そのため、平和オーラを使う。一種の心理放射で、戦争などの衝突を防ぎ、異人に対する住民の恐怖心を消し去る効果がある。これがあれば、ペリー・ローダンは非暴力的かつ平和に受け入れられるだろう」

ブルの視線が大全周スクリーンにうつった、巨大なブルーの炎のほうを向いた。炎はとまることなくプリイルト星系に接近している。背筋に冷たいものがはしった。ほかの宙航士たちも同じように感じているらしい。司令室がいきなりしずまり返った。

「それは精神操作だ」ブルがかすれた声でいう。「洗脳と同じではないか」

「その比較は不適切だ。プロセスが根本的に異なる。それに、効果があるのもアルマダが通過するあいだだけだ」

ブルはギルディがじっと自分を観察しているのを感じ、いらだちをおぼえた。彼女は目を輝かせ、その肩の上のゴリアテは見るからに満足そうに、しずかに口を動かしていた。

ブルは強いて意識を集中した。

「いや、タウレク、それは是認できない。精神的な影響力で住民の意志をねじ曲げるのは間違っている」

「第一、平和オーラは生命体の意志を抑圧するように働くのではない。きみはその点を誤解している。第二、炎をとめることはできないから、この議論は意味がない」タウレクは快活な身振りで笑った。「そもそも、なぜ興奮しているのかわからない。すべてが平和になるのだぞ！　それこそペリー・ローダンやきみが二千年以上ももとめつづけてきたことではないのか？」

ブルはごくりと唾をのんだ。

そうとも！　そう思って、自分でも驚く。そうだ、それこそが目的だったはず！　すべてが平和に……それこそあらゆる種族、あらゆる知性体の望みではないか。

だが、精神的影響力を使って強制したら、間違った道に入りこんでしまう。そんな平和は中途半端なものにちがいない……詐欺的とさえいえるかもしれない。

3

ユルンはその夜、まんじりともできないまま、無言で星空を見あげつづけた。だが、なぐさめは得られない。ようやく眠りに落ちると、悪夢にさいなまれた。平安は訪れず、最初の曙光(しょこう)で目ざめてしまう。あれは恐ろしい体験だった。忘れることなどできそうにない。

ライヴァルを殺してしまったのだ。

朝の寒風が岩の露頭の周囲を吹きわたり、かれの顔を冷たく切り裂いた。風は毛皮で縁どった衣服のなかにまで吹きこんで、かれの体温を奪った。ユルンは白い砂にうっすらとおおわれた、石のブロックの上にうずくまった。丸石を足で蹴りのける。思いはあてどなくさまよった。後方の目が昇る恒星の光をとらえたとき、かれは指先で土埃(つちぼこり)のなかに抽象的な絵を描いた。迷える魂の姿をあらわしたものだ。

あれは事故だった。

かれを責める者はいないだろう。厳格なルールで殺人が禁じられていてもなお、卵の巣に向かう途上の犠牲者はなくならなかった。だが原因は手違いや不注意で、生きのこったほうに責任を負わせようと考える者はいない。

それでも、前途有望な若者が死んだという事実……ユルンにはそれで充分だ！　かれは苦しみ、処罰されるほうがましだと感じるくらいだった。かれはどこでも見境いなくわがままをいって我を通そうとするような、自分勝手で乱暴なタイプではない。ハネ人の冷たい男社会にあって、かれを知る者の多くは、ユルンを繊細すぎると評した。ただ、たいていはそれをうまくかくし、だらしなく生意気なふりをしてきたし、争いを避けたりもしなかった。だが、本性をかくしきることはできない。そうしたくもない。

女ブルー族をめぐる競争にユルンは興奮し、決然とスタート地点をあとにして、わたされた地図にあらかじめマークしたルートをたどったもの。防寒着とコンパスのほか、荒れ地でも前進できるよう、さまざまな備品が用意されていて、そこには棍棒と二挺の麻痺銃もふくまれていた。

最初のライヴァルに出会ったのは、一日の十分の六をすこし過ぎたころだった。相手は多少先行していたが、それを生かしてそのまま目的地に向かうのではなく、がれ場に身をかくしてユルンを待ち伏せしようとした。背後を気にする必要をなくしておきたかったのだろう。だが、むしろ自分のチャンスをつぶす結果になってしまった。つまらない偶然から、ユルンがライヴァルの存在に気づいたのだ。がれ場のすぐ手前で最初の休憩をとったとき、静寂のなかで、神経質になった相手のたてたちいさな音が聞こえた。これで待ち伏せの意味はなくなり、ユルンは気づかれないように迂回して、広範囲の麻痺ビームでライヴァルを撃ち倒した。麻痺は数時間で解ける。そのころには、相手がもう挽回できないほど距離が開いているだろう。

第二のライヴァルは卑劣なトリックで追いはらった。ユルンは自分にそんな陰険なことができるとは思ってもいなかった。出会ったのは池のそばで、どちらも飲み水をそこで補給しようとしていた。両者は補給が終わるまで休戦協定を結び、最初に目が合った場所から競争を再開することにした。だが、相手が前かがみになって水を容器に入れはじめると、ユルンは陰険な青い被造物に屈した。いきなりライヴァルを蹴飛ばしたのだ。相手はバランスを崩し、池に落ちて水をはねとばした。ユルンは追撃し、ライヴァルが動かなくなるまで棍棒で殴りつけた。そのあと相手を水から引きあげ、息ができる場所に寝かせて逃げだした。

この時点では、良心の呵責(かしゃく)は感じなかった。争いごとは好きではないが、戦いになれば相応の仮借なさを発揮するもの。ブルー族の女とつがいになれるという希望がかれを駆りたて、いつもなら感じるはずのためらいを感じなくなっていた。

だが、第三の出会いで悲劇が起きた。岩の尖塔の陰でライヴァルと正面衝突したのだ。どちらもそれまで相手の存在にまったく気づかなかったため、戦略的な優位を得る時間も、トリックをしかける時間もない。出会った瞬間にはげしい決闘がはじまった。ユルンは何発か手痛い打撃を受けたあと、反撃に転じた。効果はなく、かれは相手の胴にこぶしをたたきこんで、麻痺銃に手を伸ばした。だが、敵の位置が近すぎた。相手は動きに気づき、ユルンの手から武器をたたき落とした。棍棒もうまく振るえない。ずっと腕をつかまれていて、しっかり握れないのだ。やがてユルンはあきらめた。力が抜け、抵抗が弱まる。強くうしろに突き飛ばされ、かれはよろめいて、石ころだらけの地面に尻餅をついた。痛みのあまり悲鳴をあげる。

そこで相手が攻撃をやめていたら、まだ生きていただろう。だが、ライヴァルは完全な勝利を望み……命を落とすことになった。

片手に棍棒、片手に銃をつかんで、突進してきたのだ。ユルンは反射的に身を守った。襲ってくる敵に向かって両足をあげ、蹴りあげる。相手は反応できなかった。ユルンの両足が胴体をとらえ、持ちあげる。勢いがついていたため、相手は文字どおり宙を舞った。悲鳴をあげて地面に激突するのが聞こえ、そのあとしずかになる。

ユルンはしばらく横たわったまま、じっと耳を澄ました。だが、なんの物音も聞こえてこない。なにが起きたのか、考えただけで頭がおかしくなりそうだった。真実に直面するのが恐ろしい。

あとになっても、いったいどのくらいのあいだ身動きもせず、絶望にとらわれて空を見つめていたのか思いだせなかった。ようやくからだを起こしたときは、すでに夕暮れが迫っていた。ほんの二、三メートルうしろにライヴァルが倒れている。手足がねじれ、頭が割れた状態で。

かれが、ユルンが殺したのだ。

恐ろしい光景だった。ユルンはむきだしの恐怖が湧きあがるのを感じた。もっと鈍感なハネ人なら、運が悪かったで事故をかたづけ、責任など感じることなく卵の巣に進みつづけたかもしれない。だが、ユルンはあまりにも繊細で、この体験が思った以上にこたえていた。震えながら現場をはなれ、後方の目に死体がうつらなくなるまで遠ざかる。かれは風の当たらない場所で野営の準備をした。朝になったら引き返そう、と、考えながら。これ以上、同じような劇的な結末を迎えるかもしれない出来ごとに対処する勇気はない……

恐ろしい出来ごとを思い返し、思わずわめきだす。ユルンは手のひらで岩をなで、土埃に描いた絵を消した。休まらない一夜をすごしてくたくたになっても、死んだ男の姿が脳裏をはなれなかった。だが、ここであきらめるべきなのか？　ここで得た優位を放棄するのか？

首をかしげて前方を見やる。ゆるやかな登りではじまって、途中から険しい急坂になっている。その上の、歩いていける距離にある頂上のどこかで、ブルー族の女が求婚者を待っているのだ。ユルンは若く、成熟している。だが、性交渉の相手に選抜されるのは、ライヴァルを打ち負かした場合だけだ。ここであきらめたら、伴侶を得る機会をふたたびあたえられるのは何年もあとになるだろう。

目を閉じて、顔に冷たい風を受ける。思いは分裂していた。起きてしまったことを忘れるわけにはいかない。すくなくともしばらくは、ずっとついてまわるだろう。一方、繁殖の欲求もまた、それを上まわるとはいわないが、同じくらい強いものだった。

突然、しずかな足音がためらいがちに近づいてくるのがわかった。ユルンは凍りついた。いや、こんどは戦わない。かれはそう決意した。戦いたくない。記憶はあまりに生々しく、危険は大きすぎる。要するに、みずから決断することを避け、他者まかせにしようとしたのだ。かれは目を閉じたまま待った。新来者が自分を打ち倒し、進みつづけてくれればいちばんいい。そうなれば、もう悩む必要はない。

足音がかれのすぐ横でとまった。ユルンは震えだした。抵抗したいという衝動が押しよせてくる。だが、暴力を振るってくるかもしれないライヴァルの存在を前にしても決意は揺るがなかった。恐怖に震えながら踏みとどまる。この不合理な行動の原因は、かれの上を飛びこえて不幸にも死んでしまったハネ人だった。

だが、相手は襲ってこようとしない。音をたてて冷たい空気を吸いこむと、こう訊いてきた。

「あっちに倒れている男は……きみが殺したのか？」

知っている声だった。悲鳴をあげそうになったが、衝撃のあまり声が出ない。目を開くと、相手の顔が見えた……数時間前まで友だった男、真摯で誠実なブルー族だと思っていた男だった。

＊

「驚いているようだな」その口調にはすまなそうな響きがあった。「だが、いずれにしても出会うことになっていたはず」

ユルンは相手を見つめるだけだった。まだ信じられない。失望と同時に、多少の恐怖も感じていた。自分を知っているこのブルー族は、犯罪の目撃者でもあるということだから……

「きみは……」と、ユルン。「……きみはわたしを追いぬいていってもよかったはずだ。わたしは目を閉じていた。なにも気づかなかっただろう」

「きみが白日夢のなかだなんて、どうしてわかるはずがある、ユルン？　とっくに気づいていると思っていた」

「いや、声をかけられるまで……」

「どうでもいい。すんだことだ。それで、どうする？」

ユルンは考えがまとまらなかった。隣りにいるのはガタス人のクウルン＝キリィオル＝トオリトだ。人口統計上の理由から、ツュリュト以外の惑星出身のブルー族は女ハネ人との性交渉が許されておらず、第一繁殖ブロックの選択手続きからも除外されている。クウルンが卵の巣をめざす競争にくわわるのは犯罪であり、重大な刑罰を覚悟する必要があった。

すでに〝天国の絶妙な被造物〟で、当然ユルンは気づくべきだったのだ。友が満たされない欲求に駆られて、違法に卵の巣を訪ねようとしていることに。バア・カウンターにいた見知らぬブルー族でさえ気づいたのだから。だが、ユルンは……頭が混乱していて気づかなかった。いま、やっと目から鱗（うろこ）が落ちたところだ。

「これからどうするか、わたしに訊くのか？」ユルンは口ごもった。「よりによって、わたしに？」

「もちろんだ」クウルンがしずかに答える。

ユルンはなぜか自分が守勢にまわっていると感じた。ガタス人の態度は自信満々で、非難されることなどなにもないといいたげだ。

「わたしになにを期待している？」ユルンはたずねた。「わたしにやましいところはない。ハネ人の法律を大きく無視しているのはきみのほうだ。逃げ道は自分で探すしかない」

　クウルンは背を向けて歩きだしたが、その目はユルンを見つめつづけた。後方の目をじっとこちらに向けている。やがてかれは足をとめ、しずかに語りだした。風がその声を運んできた。

「いや、友よ、きみはかんたんに考えすぎだ。われわれが出会ったのはいいことではないが、起きてしまったことはしかたがない。きみは秘密を守りきれるタイプではないだろう」

　ユルンはようやく相手の意図を察した。かれには不安がるだけの理由があるのだ。内心に緊張がはしる。クウルンを完全に誤解していたのか？　じつは精神的に弱い性格で……過ちをいさぎよく訂正することができないのではないか？

「わたしを恐れる必要はない」ユルンは相手をなだめようとした。「行ってくれ。きみが極地連山に向かったことはだれにもいわない」

「口先だけだろう！」クウルンが振り向いた。その手には銃が握られている。「きみもほかの連中と同じように、わたしを裏切る。もうあともどりはできないのだ」

　ユルンはガタス人の真剣さに衝撃を受けた。向けられた武器は分子破壊銃だ。引き金を引かれたら、ユルンは瞬時に分子の塵(ちり)と化してしまう。さまざまな思いが頭を駆けめぐった。命があぶない。切りぬけられるだろうか？

「あっちに倒れている男はきみが殺したのか？」クウルンは前の質問をくりかえした。

なにが狙いだ？　どんな作戦を考えている？

「あれは……事故だったんだ……」

「事故か……もちろんだ！」ガタス人は嘲笑した。「だれが信じると思う？　わたしは間近から戦いを見ていたんだ。きみがどんな汚い手を使ったかを。相手の男にチャンスはなかった。きみは冷酷に相手を殺した」

ユルンは怒りに駆られて飛びあがった。

「嘘つきめ！」

銃のひと振りで動きがとまる。ユルンの全身が怒りに震えた。だが、自分の知るかぎり、このガタス人は根っからの悪党ではない。

「峡谷まで引き返せ」クウルンがいった。「公平な取引だと思うが？　きみはわたしと会ったことを忘れ、わたしはきみの殺人を……」

そこで言葉を切り、ほんとうにいいアイデアかと、考えこむようすを見せる。どんな結論に達するのか、見当をつけるのはかんたんだ。

あらゆる被造物にかけて！　このガタス人はわたしをいたぶって遊んでいる！　ユルンは苦々しくそう思った。

「なにもいうことはないのか？」クウルンがうながす。「わたしの提案が気にいらないかな？　ま、そんな合意も守れないだろう。きみがどれほど仮借ないか、見ていたからな」

ユルンは懸命に自分をおさえた。相手はこちらを挑発し、自分を襲わせようとしているのだ。撃ったのは正当防衛だと弁明できるように。そんな手に乗るつもりはなかった。武器を向けられているかぎり、ユルンにはごくわずかなチャンスもない。できるのは慎重に対処することだけだ。なんとか引き延ばさなくては……でも、どうやって？　そもそも、そんなことをして意味があるのか？

ユルンは疑念を招かないようにゆっくりと、ふたたび岩に腰をおろした。むきだしの恐怖が湧きあがってくる。

「卵の巣に行け」かれはおちついた声でいった。状況を解決するための、最後の必死の試みだ。「わたしはきみを知らないし、見かけてもいない。さっさと行け！」

クウルンは銃を振った。

「おかしなまねを！　わたしがどれだけ真剣か……」

ユルンの自制心が吹き飛んだ。

「だったらなぜ、しゃべっていないで行動しない？」と、声を荒らげる。「結局、きのうまで友だった男を殺せるかどうか、自信がないのか？　なにをぐずぐずしている？」

「そんな皮肉でわたしの……」

「皮肉？　分子破壊銃を突きつけられて、そんな余裕があると思うのか？　さっさとやれ！　引き金を引け！　赤い森の被造物にかけて、撃つなら早く撃て！」

　クウルンのなにかが変化した。顔の表情か、態度か、武器のかまえ方か。そう、実際にやる気になったのだ！　ユルンは理解した。いま、この瞬間……

　ユルンはとてつもない大声で叫んだ。パニックとも本能ともつかない動きでうしろにからだを倒し、岩の上を転がって落下する。震えながら着地し、ベルトの銃をまさぐった。クウルンの分子破壊銃がはなった致命的なビームは標的をとらえそこね、岩の反対側に当たって、表面の分子を破壊した。グリーンがかった煙があがり、風に吹き散らされた。

「逃げられないぞ！」ガタス人のどなり声が聞こえる。

　ユルンは麻痺銃をつかみ、必死に考えこんだ。これは生きるか死ぬかの問題だ。どうにかして相手を無力化しなくてはならない……が、なにをするにもクウルンに先手をとられそうだ。場所がいいので見晴らしがきくし、こっちの姿が見えたら広範囲を銃撃するだけで……

「出てこい！　どうせすぐに捕まえる！」

　ユルンは地面と岩のあいだに、さらにぴったりと身をひそめた。銃を膝に置き、無言でじっと耳を澄ます。敵が慎重に移動するような、かすかな音が伝わってきた。わずかながらチャンスがあるかもしれない。もしクウルンがしびれを切らし、岩からおりてきて周囲を探しだしたら……有利な位置を自分から放棄することになる。岩のどっち側からあらわれるかわかれば、対応することも可能だ。

「卵の巣に一番乗りしたいなら、急いだほうがいい」ユルンは挑発した。「ほかの連中だって寝てるわけじゃない。どんどん追いついてくるぞ」

返事は怒りの叫びと銃撃で、また岩の一部が塵になった。ユルンは恐怖に身震いした。ガタス人が分子破壊銃を連射に設定したら、引き金を引きつづけるだけでいずれは岩が消滅し、ビームがこちらをとらえることに……

「きみを倒してからだ！」クウルンの怒声が返ってきた。

かれはふたたび発砲し、まるでユルンの考えが伝わったかのように、引き金を引きつづけた。ユルンは物質が分解される音を聞き、パニックになりかけながら、分子の煙が頭上にひろがるのを眺めた。苦悶のうめきをあげ、わずかに体勢を変える。負けたようだ。その場から動けない。

だが、いきなり銃撃がやんだ。ビームの音が消え、どさっという音がつづく。まるで、射撃手がなにかにつまずいて倒れたような……そのあと、石だらけの地面を踏む足早な足音が急速に遠ざかって……

ユルンはじっと動かなかった。息づかいが荒くなる。なにが起きたのか見当がつかなかった。だが、恐怖感はまだのこっている。かれをおびきだそうとするガタス人のトリックかもしれない。

耳を澄ましても、聞こえるのは風の音ばかりだ。

「だまそうとしてもむだだ！」と、大声で叫ぶ。「わたしがそんなにおろかだと思うか、クウルン？」

静寂がひろがった。ユルンは敵がこっそり接近してくるとほぼ確信していたが、静けさが長引くにつれ、徐々に自信がなくなった。もうしばらく身動きせずに待ったあと、ためしに銃をしまってみる。その音はまちがいなく聞こえたはずだ。それなら反射的に襲ってくるはず。

なにも起きない。わずかな物音さえ聞こえてこなかった。

どうやら危険は去ったようだと、ようやく納得しはじめる。それでもわけがわからないまま、横向きに岩陰から這いだし、岩のまわりを見まわした。敵が無力に地面に倒れているのを見つけると、かれは立ちあがり、その場に近づいた。

クウルンは生きていたが、動けなくなっていた。だれかに麻痺銃で不意打ちされたらしい。周囲は充分に開けていて見通しはよかったが、未知の襲撃者が身をかくす場所もありそうだ。もちろん、その男はとっくに姿を消しているだろう。さっき聞いた急ぎ足の足音がそうだったにちがいない。

ユルンはその男に感謝した。命を救われたのだ。たぶんたまたまここを通り、候補者に対するガタス人の違法行為を見て、安全な場所から電光石火で打ち倒したのだろう。いまごろは極地連山の、もっと険しいあたりまで進んでいるはずだ。このあとその男と出会い、戦うことになるのを考えて、ユルンは身震いした。

身をかがめ、襲われたクウルンが落とした分子破壊銃をひろいあげる。ガタス人の麻痺はそのうち解けるはず。かれがべつのハネ人を致死性の武器で攻撃したりできないようにしておきたかった。武器を自分の収納ベルトにしまい、急いでその場をはなれる。自信が復活していた。おかしなことに、クウルンと出会ったことで、恐ろしい事故に対する自責の念は薄れていた。

やがて現場は後方の目にもうつらなくなり、ユルンは極地連山の急峻な斜面に到達した。前進はかなり困難になった。予定していたルートが通行不能とわかり、何度もルートの変更を余儀なくされる。張りだした岩、切り立った崖、雨裂や巨岩が行く手を阻み、何度も方向転換して、大きくまわり道をすることになった。足もとが悪いなかを登っていくため、体力の消耗もはげしい。

暗くなりはじめたころ、ユルンは疲労をおぼえた。一日ずっとだれにも会わず、あの出来ごとで時間をとられすぎて、もう勝ち目がないくらい遅れているのではないかと思えてくる。卵の巣に一番乗りできる希望は消えるが、それでも休息するしかなかった。夜の高山地帯は危険が倍加するとはいえ、このままでは前進する体力がつきてしまうだろう。

重い気分で寝床を設営し、横になる。これでもう、ずっと望んできた女ハネ人との交配は不可能になるのだろうか？　それとも、まだ追いつくことはできるのか？

陽が沈むと、雲のない空に星々がきらめいた。ツュリュトの公転軌道上の位置は、一年のこの時期にはまだかなり好都合だ。銀河系の星々の光がほとんどさえぎられることなく、全天の半分近くをおおっている。あとの半分は銀河間空間の闇で、ところどころに遠い銀河の光がかすかに見えるだけだった。

だが、その夜は奇妙な現象が観測できた。闇のなかにかすかなブルーの光が見えたのだ。ユルンもそれに気づいたが、ものを考えるには疲れすぎていた。かれは毛布を肩まで引きあげ、すべての目を閉じた。

疲れきっているのに、その夜の眠りは浅かった。一度目ざめて夢うつつのあいだを漂っていたとき、またしても空のブルーの光に気づいた。前よりも大きくなっていて、まるで燃える炎のようだった。

＊

ユルンは夜明け前に目ざめた。とまどいながら起きあがり、周囲を見まわす。そこらじゅうが淡いブルーに染まり、地面はかすかな輝きをはなっていた。前夜、闇のなかからあらわれた炎のことを思いだす。どうやらそれがかなり接近したか、ツュリュトをすっぽりつつみこんでいるらしい。

奇妙な現象で、その意味はまるで見当がつかなかった。

ユルンは寝床を出て、毛布をちいさなつつみにした。疲れはすっかりとれている。この奇妙な光を利用すれば、すぐにも卵の巣に向かって歩きだせそうだ。陽が昇るころにはかなりの距離が稼げているだろう。

もちろん、ずっと先行しているライヴァルも同じことを考えて行動するはず。一番乗りできないという見通しが変わるわけではない。だが、きょうはだれかを襲ったり、戦ったりする気になれなかった。かれはそのことに不安をおぼえ、おちつかないものを感じた。

スタートしようとしたとき、一ライヴァルの姿が目に入った。じっとかれのほうを見ている。

「クウルン！」ユルンは驚きの声をあげた。「どうやってここまできたんだ？」

ガタス人はかんたんな身振りで挨拶し、岩壁によりかかった。

「どうやって？　走ってきたのさ」

「ひと晩じゅう？　崖から落ちたり、道に迷ったりしたかもしれないのに」

「それほどひどくはなかった。麻痺も弱いもので、すぐに解けた。きみが立ち去ってから十分の二時間くらいで、あとを追うのはかんたんだった。夜はきみと同じように眠った。分子破壊銃のようなどうでもいいものは持ってきたのに、ランプがなかったから。ランプがあれば、とっくにきみを追いこしていただろう」

「あるいは、殺していたか」ユルンがおちついて指摘する。

「やめてくれ！」と、ガタス人。「きのうはなにを考えていたのか、自分でもわからないんだ。もっとも良心のない被造物にとりつかれていたとしか思えない。すまなかった」

　ユルンは考えこむように、片足で岩を引っかいた。深い平安に満たされた気分で、相手も同じように感じているのがわかる。命をかけた対立はもう存在しなかった。相手を疑う理由がないから。

「もう怒ってはいない」と、ユルン。「きのうのことは忘れて、また友になろう」

「対立したこと自体がばかげていた」クウルンも同意する。「知性体が争いあうのは、自然への冒瀆（ぼうとく）だ」

　ユルンのなかに温かい感情が湧きあがった。クウルンのいうとおりだ。通常は社会的な抑圧や習慣的な行動パターンのせいで陰にかくれている洞察が、いまは力強く表面に押しあげられている。東の峰から最初の曙光が射し、ブルーの光と入りまじって、不思議な朝の光を生みだした。

ユルンはあたりをぐるりと手でしめした。

「この光……なんだかわかるか？　どこからきてるんだ？」

「わからない」クウルンもとまどっていた。「奇妙な現象だが、害はないようだ」

「たしかに」

ユルンはちらりと主星に目を向けた。ゆっくりと昇ってきて、とてつもない力で一日に生命をあたえる。いずれその明るい輝きがブルーの光をすっかりおおいかくしてしまうだろう。ユルンは心の平安をおぼえた。

「どうしても卵の巣にたどりつきたいんだな？」

クウルンは困ったような顔になった。

「わたしの事情は知っているだろう」と、ためらいがちに話しだす。「ガタスではやり方が違っていて……もっと自由なんだ。何年も待つというのはわたしの性に合わない。だが、知ってのとおり故郷にもどれる可能性は低い。心に穴があいたようで、それで……」

ユルンはよくわかるといいたげな身振りで言葉をさえぎった。

「きみの悩みは理解できる。わたしの権利を譲るよ。きみがわたしのかわりに卵の巣に向かえばいい」

ガタス人はなにもいわない。

「わたしは峡谷に引き返す。これ以上、競争をつづける気はない」

クウルンはなおも無言のままだった。ハネ人の無私の申し出が本気なのかどうか、決めあぐねているようだ。ユルンはかれに近づき、そっと肩をたたいた。

「急いだほうがいい。追いつけなくなるぞ。ほかの者たちにかなり先行されているはずだから」

そういうとクウルンに背を向け、チュリュヴォルにもどりはじめる。後方の視界に、ガタス人がわれに返って手を振り、卵の巣に向かって大股に歩きはじめるのが見えた。

ユルンは満足した。これほど心が満たされたのははじめてだ。前日のストレスも、職場での対立も、町でのきびしい生活も……すべてがかれのなかから完全に洗い流されていた。人生があらたな意味を獲得したかのようだ。峡谷へとくだっていく道は気楽だった。無理をする必要など感じない。時間はたっぷりある。ときどき長い休息をとり、凝集口糧を食べ、荒々しい自然の景観に見とれ、それ以上に周囲の平穏さを堪能した。

平和だ！　なんとも不思議なことだが、前夜の苦悩が大きな平和をもたらしたのか！

それはかれだけではなかった。信じられないことに、クウルン＝キリィオル＝トオリトも影響を受けていたし……それはたぶんハネ人全体、惑星全体についても同じだろうと思えた。

あらゆる場所に平和が満ちている！

ユルンは楽しく歩いていった。当然、帰りは下りになるので苦労もすくない。チュリュヴォルには暗くなる前に着けるだろう。やがて地面は平坦になり、都市と宇宙港の威容が見わたせるようになった。

そのとき突然、かれは奇妙な息苦しさをおぼえて足をとめ、不安げにあたりを見まわした。風のささやきに耳を澄ます。そこにいきなり、抵抗できない誘惑の響きがくわわったようだった。そんな印象がどこからくるのかはわからない。ひかえめなささやきがユルンをなだめ、その心の奥底から、つぶやき声のようなものが手を伸ばしてきた。

数歩進むと、そびえる岩の奥へと通じる洞窟の入口があった。きのう、往路ですでにその前を通っている。そのときは当然、そんな洞窟は無視していた。それなのに、いまは気になってしかたがない。ユルンは誘惑に抵抗できなかった。心のなかの声が誘いかける。ささやきははるかな高みから聞こえるようで、魔法のようにかれを引きつけた。

まるで自動人形のように、ユルンは洞窟に近づいた。不快感が大きくなり、ためらいをおぼえる。一瞬、かれはふたつの正反対の世界のはざまで立ちどまった……平和と戦争に、光と闇に引き裂かれたかのように。かれのなかのなにかがささやき声の約束に全力で逆らったが、闇からの呼び声のほうが強く、かれは仮借なくその呪文に引きよせられていった。

ふらふらと洞窟に足を進めると、入口から数メートルですぐに大きな空洞になった。

外の光にじゃまされないよう、後方の目を閉じる。主星の位置がよかったため、洞窟内は充分に明るかった。壁面には苔のようなものが繁茂している。天井からは水が滴り落ち、太い洞窟生成物ができていた。あちこちから鍾乳石が垂れさがり、その下の地面には石筍が生えている。上下がつながって石柱になっているところも数ヵ所あった。さらに奥に進むと、地下水が流れるかすかな音が聞こえた。

だが、それらはどれも些々たることだ。もっともかれの関心を引いたのは、左手に見える奇妙な外観の塊りだった。その周囲の壁の苔は焼け焦げて枯れ、真上の天井は黒くすすけている。なにかのマシンが火を噴いて、内部の熱で溶けたものらしい。たぶん転送機だ。

その塊りの前に生命体がいた。ツュリュトでは見たことがないものだ。

ユルンは反射的に記憶を探り、その生命体に似た動物か昆虫はいないかと考えた。だが、思いあたらない。ガタスかアルコン、あるいはテラにならいるかもしれないが、ツュリュトにはいなかった。だとすると、壊れたマシンが転送機だという傍証になる。この生命体は転送機で送りこまれたのだろう。

大きさは握りこぶしくらい。銀色がかった六角形の胴体、指くらいの長さの十二本の肢で移動するようだ。外観は目立たない。だがその誘引放射は、ユルンが思わず洞窟に足を踏み入れるほど強力だった。かれはなんの感情もまじえず、この状況に思いをいたすと、内心の声に耳をかたむけてみる。すると突然、その生命体が〝エレメント〟という名であることを理解した。それでも、どうしていいかわからなかった。興味を引かれ、前進する。誘惑や強制力はもう感じなかった。振り子が振れ、闇のなかへとかたむいたのだ。

4

かれがときとして悪評の的になるのは、ひとえに母親のせいだった。すくなくとも本人はそう信じている。どういうわけか母親は、息子に五つの名前をつけるという突飛な行動にはしったのだ。アウグスティン・デイヴィッド・オレステス・リーンダー・レオン・クルンメナウアー……それがテラの出生登録所にとどけられた名前だった。

母親が名前をどれかひとつに決めていれば、かれがこれほど苦労することもなかったろう。子供時代はつねにいじめの対象で、それはティーンエイジャーになっても、学校を卒業しても変わらなかった。変わり者に対して、思春期の子供たちは残酷だ。

その結果、かれは最初から自信を失ったまま育った。改名の申請はしなかった。いまさら手遅れだったし、費用もかさむから。ただ、非公式な場では、名前の頭文字A・D・O・L・Lをひとつずつとって通称として使うことにした。以来、かれはアドルと名乗り、そう呼ばれることを望んだ。

だが、それもたいした役にはたたなかった。子供時代に身につけられなかった自信を、あとになって獲得するのは困難だ。宙航士として成果をあげ、他人から敬意をはらわれても、つねに猜疑の目を向けてしまう。昔からそんなふうにして、いつもからかわれてきたから。いまでもなお、自分に向けられる賞讃の言葉に、どんな裏の意味がかくされているのだろうと詮索してしまうのだ。

トラウマはその気になれば克服できる……そんな言葉など聞きたくなかった。むしろそうできるよう懸命に努力し、わずかな隙も見せないようにしてきたのだ。そんな態度が周囲にかくしきれるわけもなく、逆に事実がだれの目にも明らかになった。それでもかれは努力をやめようとせず、その完璧主義によって、つねに新しい不安の種をかかえこみつづけた。

《アイアン・メイデン》の同僚たちはひそかにかれを〝ぐず〟と呼んでいる。それは本人も知っていて、それでよけいに殻に閉じこもり、不器用になった。あきらめてしまったわけではない。機会があればべつの艦に転属して、そこで一からやりなおすつもりだった。ただ、かれはもう他人から正当な敬意をはらわれないことに……そう思いこんでいるだけだが……慣れてしまっていた。

だから、プリイルト星系に近づくにつれ、司令室内に親しげな空気が満ちあふれていくことには驚きを感じた。平和そのものの雰囲気がひろがり、アドルもその例外ではない。気分が楽になり、以前にはありえないと思っていた内心のおちつきが訪れたのだ。

さらには、好奇心の対象にふたたび近づく勇気まで出てきた。かれがアツィルク産ホエイモムシの構造をうしろから観察しても、艦長は気にしなかった。ゴリアテはおとなしく彼女の肩に乗ったまま、斑点のある腹の一部をアドルのほうに伸ばした。アセンギルド・チェーンはそのあいだ、興奮したレジナルド・ブルにおだやかに話しかけている。

アドルは聞くともなしに聞いていた。どうやらツュリュトに着陸することの是非を話しあっているらしい。自分の職掌ではなかったので、かれはそれを聞き流した。ますますイモムシに興味を引かれ、首を伸ばして、胴体下部から生えている短い肢に関節があることを確認。ゴリアテも見られていることに気づいたようで、何度かからだを伸び縮みさせ、ギルディの肩の上を流れるように動きまわった。

アドルはまるくてしわだらけの顔が大きな笑みを浮かべるのを眺めた。イモムシは口をぐるりと動かしてみせる。それはグロテスクだったものの、同時に無意識の大きな満足を感じさせた。驚いたことに、イモムシはあの咆哮をあげようとしなかった。満足そうな低い音を発するだけだ。

艦長にとって、その音はブルとの会話を中断する充分な理由になるようだった。話の途中で黙りこみ、マスコットをいとおしげになではじめる。彼女が振り返るとゴリアテも向きを変え、アドルに顔を向けつづけた。

いつものアドルならあとじさり、びくびくしながらギルディの叱責を待ったろう。だが、今回は艦内の平和的な雰囲気のおかげで、おちついていることができた。艦長は爆発するそぶりも見せず、おだやかな態度をたもちつづけた。

「いい子でしょう？　惑星アツィルクの現地人から、お礼にもらったんだよ。ちょっとした……その……対立の仲裁をしたんでね」

彼女がホエイモムシを手に入れた経緯を話すのはこれがはじめてだった。なぜかこれまで、その話を慎重に避けていたのだ。いいことだ、と、アドルは思った。急に艦長に親近感をおぼえる。

笑みを浮かべて親しげな言葉を返そうとしたとき、ギルディがまったく予期しない行動に出た。いきなりイモムシをつかむと、肩から持ちあげてかれにさしだしたのだ。

「持ってみて。おとなしいから。からだの構造に興味があるようだね。よく見てみるといい。そのあとランプの下にもどしておいて。必要なことだから、たのんだよ」

アドルにはどうしてそうなったのかわからなかった。驚きながらうなずき、イモムシに手を伸ばす。意外なほど冷たくてきめが粗く、同時にひどく繊細そうで、両手でつかむのを一瞬ためらったほどだった。ゴリアテのしわだらけの顔に浮かんだむっつりした表情に、すこし不安をおぼえる。

アドルがまだしっかりつかまないうちに、ギルディが手をはなした。イモムシはかれの手をすりぬけて床に落下し、鈍い響きと〝むふん〟という声が聞こえた。

アドルは驚きと罪悪感で一歩後退し、ゴリアテの咆哮とギルディの叱声を待った。だが、そうはならなかった。

「おっと」艦長はそういっただけだった。一時間前ならまちがいなく激昂していたはずだが。

それどころか、笑いながらイモムシを抱きあげたのだ。

「ゴリアテはときどきとても頑固になるんだ」そういって、イモムシの腹部を軽くたたく。「まったく、そんな反抗的な態度じゃだめじゃないか」

「ぶほん」

「ああ、わかってる！」

彼女はゴリアテを専用のテーブルに連れていき、ランプの下に置いた。イモムシは居心地よさそうにからだを伸ばした。艦長は司令スタンドにもどる途中、アドルの脇腹を肘でこづいた。

「十分したら眠りこんで、なにも気づかなくなる。目をさますまで、じっくり眺めていていいよ」

アドルは感謝をこめてうなずいた。またしても、かれのなかで艦長の株があがった。満足だ。まちがいなく、タウレクのいっていた平和オーラは効果を発揮していた。人々が身をゆだねている感覚はかれにもおよび、内面の調和をもたらしている。堅物のロリー・ネルソンが人目もはばからずゲリト・クロアレスといちゃついているのさえ、ほほえましく思えた。

＊

炎の標識灯は公転面に対して垂直にプリイルト星系に進入し、ついに相対的に静止した……ハネ人の世界であるツュリュトの公転軌道をすっぽりとつつみこむ位置で。平和オーラが《アイアン・メイデン》艦内に引き起こしたのと同じ、重大な影響を惑星にあたえていると、ブルは確信していた。第二宇宙航行ブロックとの通信で、その推測は裏づけられた。宇宙港当局によると、惑星の全人口に平和放射の作用がおよんでいるという。

ブルが最初に考えたのは、いずれにせよ外部からの影響だとかれらは認識しているはずだということだった……たとえそこから逃れることはできなくても。

かれ自身はメンタル安定人間なので、平和オーラの影響は受けない。ほかの乗員たちと違い、この無条件の平和はまったく気にいらなかった。むしろ危険なものに思える。人々を安心させ、危険に対する感受性を低下させるから。それでもツュリュトに着陸するよう主張したのには特別な理由があった。ハネ人社会が内部対立におちいろうとしていたからだ。問題は男女比が二十五対一ということだけでなく、それを根拠に特殊な規制が敷かれている点だった。

ブルは《アイアン・メイデン》の艦載コンピュータの恒星リストから、重要な情報をすべて引きだしていた。それによると、ハネ人の子供たちは性的に成熟するまで、僧院住居と呼ばれる施設で育つ。その後、女は広大な極地連山に送られ、決められた場所で交配相手を待つ。これが年に二ヵ月の妊娠可能期間を基準に毎年くりかえされ、それ以外の時期、ハネ人の女は隔離生活を送る。一方、男は都市や集落に居住を義務づけられる。さまざまな職業に従事して、男だけでハネ人の社会構造を維持しているのだ。とはいえ、多くの惑星の歴史や実例が教えるとおり、男性原理が支配的になった社会では、優位性をめぐる熾烈な争いがすべての判断の基準となることが知られている。ツュリュトの社会システムにもまさにこの傾向が見てとれた。ブルとしては、ぜひ間近から平和オーラの影響を調査する必要があった。

アセンギルド・チェーンは乗り気ではないものの、平和な気分のなかで、強いてハンザ・スポークスマンの計画をとめるつもりはなさそうだ。じつのところ、彼女の友好的な態度をブルは重苦しく感じはじめていた。ゲリトとロリーの関係が一変したのと同じように、ギルディも態度を逆転させ、こちらを魅了しようとしているのではないかと疑いはじめたくらいだ。こんな調子がつづくようなら、いずれはっきりといってやらなくてはならない。

《アイアン・メイデン》は首都チュリュヴォルの宇宙港に降下した。タウレクの《シゼル》もすぐ近くに着陸する。ブルはブルーの炎の標識灯が艦船の航法システムにも影響するのではないかと懸念したが、それは杞憂に終わった。着陸に問題はなかった。

スクリーンには地上に集まった出迎えの姿が見える。居心地はよくないが、ハネ人たちを待たせておく理由もない。念のため、乗員には艦内にのこるよういい、その要請はすなおに聞きとどけられた。次の行動はタウレクと合意ずみだ。惑星に降り立つと、コスモクラートとエルンスト・エラートが《シゼル》から近づいてきた。

歓迎は温かいものだった。ブルたちは都市見学に招待され、オープン・グライダーで都市上空を飛んだ。操縦士が重要な建築物や記念碑を指さして教え、チュリュヴォル発展の歴史を概説。その後、グライダーは目抜き通りを道路すれすれに低空飛行した。まるで凱旋パレードのようだ。どこに行ってもブルー族が詰めかけ、群衆は歓声をあげ、手を振ってゲストを迎えた。

やがてようやく、グライダーが開けた場所……操縦士によると、レクレルク広場……に着地する。ブルは自分の目が信じられなかった。石像のまわりに大急ぎで天幕やテーブルがしつらえられ、ハネ人が現地の特産品や飲み物や、めずらしい料理をならべていたのだ。七人編成の合唱隊が歓迎の歌を歌う。ほとんどはブルー族の特徴である超音波領域で、テラナーのブルは耳が痛くなった。歌にくわえて、広場をとりまく群衆のおしゃべりや歓声もある。甲高い声があまりにも多いため、トランスレーターは優先順位がつけられず、個々の言葉を認識できなくなった。

歌が終わり、徐々に歓声がしずまると、ようやくトランスレーターの機能が復活した。かれらをここまで運んできた、かなり地位のありそうな操縦士が演壇に立ち、熱烈な演説をぶつ。思いがけず到着した訪問者を賞讃し、ハンザ・スポークスマンの存在がツュリュトにあたえた名誉に感謝し、華々しい言葉で、宇宙船二隻の乗員たちを歓迎の宴に招待したいと告げた。

この時点でブルの当初の不安は解消していた。真のもてなしと罠を見分けるだけの経験は積んできている。どうやら平和オーラは、仮借なく他人を肘で押しのける文化を持ったハネ人社会にも、思いやりのある平和な態度への回帰をもたらしたようだ。ただ、このやり方がどれほどうまくいっていても、ツュリュトの住民を完全に信用するのは不適切に思えた。最終的には外交的配慮から、惑星上層部の招待を受け入れることにしたが。

艦長と相談し、《アイアン・メイデン》乗員に翌日正午までの上陸休暇をあたえることにする。地球時間でちょうど二十四時間だ。それ以上は認められない。先のことを考える必要があった。エレメントの十戒が銀河系にもたらす危険は、いつ次があるかわからない。待っていてはくれないのだ。

楽しむことを知るだけで、人生はなんとすばらしいものになるのだろう！　ロリーは前の日にゲリトにどんな態度をとったかを思い返すたび、自分のおろかさを叱りつけたくなった。平和オーラの影響を受けてようやく、あんなに冷たく拒絶することはなかったとわかったのだ。

*

たしかにゲリトは一方的で女たらしで、なによりも、自分の魅力にはだれも抵抗できないと思いこんでいる。まったくの間違いではないが。かれには相手の警戒心を解くような種類の男性的な魅力があり、異性をたやすくなびかせることができる。噂によると、《アイアン・メイデン》の女性乗員のなかには、かれに一夜ならず身を捧げている者もすくなくないのだとか。

ただ、だからといってかれを軽蔑するのは適切ではない。結局は相手も合意しているわけだし、永続的な関係を望まないというのがかれの生き方なら、目の前にある機会を利用したからといって、責めることはできない。いまならロリーにもわかる。ゲリトに対する嫌悪感は、自分もかれの魅力にとらえられてしまうのを恐れたからだと。そうなることを望んでいないのだ。

恐れる必要はないわ！　どこまで許容するか、決めるのは自分だ。かれの人格まで完全に否定することはない！　ゲリトはいい人だ。知性的で、教養があり、最近は態度も好ましくなっている。真剣な話でも冗談でも楽しく語らうことができるし、話し上手であると同時に聞き上手でもある。

いわれるほど一方的でもない。話をしてみると、心地いいくらいひかえめだ。ロリーのなかで、ゲリトの好感度は大きく上昇していた。平和オーラの影響があることは否定できないが。

任務中にかれと話をするのさえ楽しいのだから、上陸休暇でいっしょに遠出するのは、ほんとうにいい気晴らしになる。アドル・クルンメナウアーほか、緊急要員として艦内にのこる者たちは、心底うらやましがっていた。ふたたび大地を踏みしめるのも、酸素惑星の自然の大気を呼吸するのも、とても気分がいい。ゲリトとロリーは急遽準備されたハネ人による歓迎パーティを抜けだし、ほかの宙航士たちとは別行動をとった。

ふたりはゆったりと満足して、通りや公園を歩きまわった。ブルー族に出会うたび、温かく挨拶される。ロリーは心を開いて異星の自然の魅力を満喫した。ゲリトとの会話はますます活発なものになった。このバランスのとれた感じは、チュリュヴォルのはずれまできても変わらなかった。そこは貧困と腐敗がはじまるあたりで、かつては繁栄していた郊外が、いまでは汚いスラムになっている。だが、平和オーラはそんな印象も払拭していた。人工の幸福感がすべてを平準化している。

ロリーは小手をかざし、巨大な極地連山の山腹を見あげた。埃っぽい、手入れのされていない街路のすぐ先からはじまっている。あたりの土地は不毛で、二、三百メートル先はもうむきだしの岩だった。その先で道は徐々に登りになり、ぎざぎざの岩山へとつづいている。とてもたどりつけそうにないくらい遠くに冠雪が見え、山頂はぼやけて、はっきりとはわからない。ツュリュトの気候は極地でも、たとえば地球などとくらべるとずいぶんおだやかだ。それでもいまいるあたりでは、風が都市中心部にくらべてかなり冷たかった。

「すこし登ってみましょう!」と、ロリー。「きっとチュリヴォルを一望できるわ」

ゲリトは考えこみながらうなずいた。

「この上のどこかでハネ人の繁殖儀式がはじまっているはずだ。二十五名の男が、ひとりの女をもとめて争うのさ」

「だから?」ロリーがからかうようにいう。「いまは平和なものよ。それに、ブルー族もあなたをライヴァルのひとりだと思わないでしょう」

ゲリトは笑った。

「たしかに、ありそうにないな」

ふたりはゆっくりと歩きだした。ロリーはゲリトに手をとられても気にしなかった。触れあうと気分がよく、信頼感とぬくもりが伝わってくる。彼女はまたしても、どうして最近まで、ゲリトに触られるのをいやがっていたのだろうと不思議に思った。これまでずっと、かれが体現しているすばらしい人生経験を知る機会を逸していたのだ。かれといっしょにいるのは興味深く刺激的だということも、知らずにいた。

いつのまにか、歩くペースがあがっていた。手をつないだまま小走りになっている。やがてふたりは笑いながら、石ころだらけの斜面の途中で足をとめた。息づかいが荒くなり、すこし疲労を感じる。

ロリーが振り返った。そこからは首都の大部分が見わたせたが、まだ一望というところまではいかない。陽光が澄みきった大気を通して降りそそぎ、平和な光景を輝かせるようだった。枝分かれするひろい街路に同僚たちの姿が見えたような気もした。その横にはハネ人がいて、大都市のなかの重要な場所を親切に教えているようだ。

「美しいと思わない？」

「ああ」

ゲリトが背後から近づいてきて、ロリーの腰に腕をまわした。唇を耳もとによせてささやく。「世界には美しいものがたくさんある。あとはそれを手にするだけでいい」

そのときも、かれが近くにいることに不快感はなかった……が、相手がもっと積極的な関係をもとめていることはわかる。平和オーラは彼女の心を開かせ、他人に対する親切心を高め、攻撃的な態度を強い興味に変えたかもしれないが、それ以上ではなかった。

ロリーは急いでかれの抱擁から逃れた。

「〝美しいもの〟の定義はさまざまでしょ？」と、片目をつぶってみせる。「先に進みましょうか」

ゲリトは一瞬とまどった顔になったが、こういった。

「もちろん、よろこんで」

かれは教訓を得たようだった。さっきはロリーが手を引いていたが、こんどはかれが先導する。

ふたりは足どり軽く高度を稼いでいった。ロリーは何度か振り返り、峡谷の景色を楽しんだ。もうしばらくすればチュリヴォルの全景が見わたせるようになるだろう。主星は動きつづけ、斜面はますます急になる。石ころだらけの丘陵のようだった地面は、いつしかそびえる岩山に変わっていた。

「驚くべき体力だな」ゲリトはそろそろ登りに興味がなくなってきたようだった。「ただ、そろそろ帰り道のことを考えたほうがいい。暗闇のなかで道に迷いたくはないから」

「だいじょうぶ」ロリーが笑顔で答える。「あとすこし登るだけよ。都市の全景が見たいの。日が暮れるころには、とっくに宿舎にもどってるはずよ」

ゲリトは疑わしげに空を見あげてからうなずき、意を決して進みつづけた。ロリーはおもしろがってそれを眺める。この遠足でわたしと肉体的にも親しくなろうとしたものの、それに失敗したいま、現状が重荷になってきたのだろう。以前から思っていたかれの性格にぴったり当てはまりそうだ。間違っているかもしれないが。

ゲリトはもうすこし登ったところで振り返り、峡谷を見おろした。

「ここなら見晴らしがいい。チュリヴォルが一望できる。きみの望みどおりだ」

ロリーは大きな笑みを浮かべた。その直後、表情が恐怖にこわばる。見ているものが理解できなかった。

ゲリトががくりと膝をつき、悲鳴をあげて地面に倒れ、斜面を滑り落ちていったのだ。それでもかれは、どうにか両腕で滑落をとめることができた。

「かくれろ!」かれの叫ぶ声が聞こえる。「かくれるんだ!」

ロリーの反応は、平和オーラのせいで危機の認識を妨げられてか、ためらいがちだった。ここには敵などいないはず。そうじゃないの?

「くそ、かくれろってば!」

それで彼女はようやくわれに返り、ゲリトに駆けよった。かれは両腕でからだを引きずり、岩陰に這いこんでいた。両脚は麻痺して動かない。疑問の余地はなかった。麻痺銃で膝を撃たれたのだ。ロリーが近づくと、かれは振り返った。

「急げ!」声がかすれている。「あっちの低い丘なら身をかくせそうだ!」

ロリーは背後からゲリトの両わきの下に手を入れ、両手で右腕につかまらせてからだを引きあげると、うしろ向きに引きずっていった。数歩進んで、すくなくとも直接狙われる位置からははずれる。ロリーは近くの岩場を見まわしたが、人影は見えなかった。だが、そのどこかに敵が身をひそめているはず。

「よし」丘の側面に到達すると、ゲリトがいった。「ここにかくれよう」

ロリーはかれをおろし、横向きに寝かせた。これでゲリトにも、地面の隆起に妨げられていない場所は見わたすことができる。ロリーは丘に腹這いになって反対側を見張った。

遠くまで見通しても、動くものはない。彼女はいきなり生じたこの予測しない状況を整理した。理由は不明だが、平和オーラの影響を受けない何者かが自分たちを襲ったということ。いまかくれているちいさな丘は掩体(えんたい)としては不充分で、最低限の安全が確保できているにすぎず、いつ突破されてもおかしくない。武器は携行していなかった。いちばんいいのは、急いでここから逃げだし救助をもとめることだが、ゲリトの脚が麻痺している以上、その可能性は排除するしかない。のこるのは《アイアン・メイデン》への救援要請だけだ。

彼女は急いでアームバンド・テレカムのスイッチを入れた。応答したのはアセンギルド・チェーンだった。アドルたち数人と艦にのこっていたのだ。

「極地連山で襲撃され、ゲリトが脚に麻痺ビームを受けました。救援お願いします！」

受信機からすさまじい咆哮が響き、すぐにやんだ。ギルディの声が聞こえる。

「ゴリアテ、だめでしょ！　いいからしずかにしてなさい！　ロリー、幻覚じゃないのはたしかなの？　ゲリトのような男は感情をかき乱すからね」

平和オーラだ！　ロリーは絶望的な気分になった。あんなものがあるから！

「真剣な話です！　われわれ、攻撃されています！」

「おちついて、方位信号を送って。できることを考えてみる」

通信がとぎれた。ロリーは悪態をつき、方位信号を送信した。艦長の態度はあまり心強いとはいえない。大至急、救援部隊を派遣するとは思えなかった……そもそも、そんな気があるとしてだが。

ゲリトがかすれた笑い声をあげた。

「気がついたか？　艦長はきみの言葉を信じてない。幻覚だと思ってるんだ。平和オーラがあらゆる対立を消し去ったはずだと考えているから」

「どこに連絡しても同じでしょうね。わたしたち、どうして平和放射の影響を受けてないだれかに出くわしたのかしら？　たぶん……」

「しずかに！」

ロリーはたじろいだ。どこかで足音が聞こえる。石に当たる、しずかでためらいがちな足音だ。丘がかくすのはこちらの姿だけではない。盲目になった気分だ。恐かった。

ゲリトが不安げに身じろぎする。敵と出会ったらなにをされるかわからない。攻撃の理由はなんなのか？

エネルギー・ビームが丘の側面に当たった。岩が分解され、グリーンの煙になって消滅する。

ゲリトは思わず驚きの声をあげた。もうしずかにしている意味はない。敵にはこちらの居場所がわかっていて……その手には致死性の武器があるのだ。

5

ユルンはまるで自動人形のように、自分の意志とはほとんど無関係に、しゃがみこんで片腕を伸ばした。十二本の肢とハチの巣状の銀色の甲羅がある未知生命体は、最初はのろのろと動いていた。まるで深いトランス状態からさめたばかりのような、不器用な動きで近づいてくる。それが突然はねあがり、宙を飛んで、ハネ人の手に着地した。

ユルンは反射的に立ちあがり、はらい落とそうとした。不気味な感触だった。だが、生命体はかれにしがみつき、腕を這いのぼってくる。反対の手でつかもうとしたが、なんともいえない視線を感じ、思わず手がとまった。生命体は腕を這いのぼり、肩までくると、そこにおさまった。

それまでユルンを支配していた平和な気分がいきなり消え去った。おさえきれない攻撃性が全身にひろがる。一秒ごとに攻撃欲が高まるのを感じ、動物的な闘争心がかれを満たした。洞窟のなかを見まわし、芽生えたばかりの憎しみをぶつける敵を探す。いまやかれは敵意で爆発しそうだった。だが、洞窟にはだれもいない。

た。

〈外だ！〉

ユルンの頭のなかに奇妙な声が響いた。音として聞こえたのではない。精神インパルスが直接、思考に入りこんできたのだ。そこにはとてつもなく邪悪な波動がこもっていた。

〈町で、宇宙港で……戦うのだ！〉

ユルンは洞窟の出口に急いだ。陽光の下に出ると、ためらうことなく峡谷へとくだりはじめる。テレパシーの送り主はわかっていた。みずからをエレメントと称する、肩の上の生命体だ。それがかれを敵のところに導き、異質なものすべてに対する闘争を支援してくる。

二本のぎざぎざの岩の尖塔のあいだに、チュリュヴォルにつづく平坦な道に通じる斜面が見えてきた。そこから見えるのは町のごく一部だけだ。なにかがかれの注意を引いた。動くものがいる。目を凝らすと、なんの警戒もせずに斜面を登るヒューマノイドふたりの姿があった。

アコン人か新アルコン人のようだが、いちばんありそうなのはテラナーだろう。かれらがなぜこのツュリュトに、それも極地連山にいるのかは、ユルンにとってどうでもよかった。そんなことを詮索する必要はない。かれのなかでは異人に対する盲目的な攻撃衝動が荒れ狂っていた。戦いを挑もうと前進する。

〈気をつけろ！〉

またエレメントの声が響いた。あの悪魔のささやきが。

〈慎重にやれ！　姿を見せるな！　われわれには、まだ味方がいない！〉

ユルンは足をとめた。声のいうことは部分的にしか理解できなかったが、忠告にはしたがう。岩の尖塔の片方を掩体にとりながら、慎重に前進。狙いやすい場所で岩にからだを押しつけ、身をひそめて待つ。

異人たちが近づいてきた。片方が足早に先行している。それが足をとめ、振り向いて腕を伸ばしたとき、ユルンは攻撃に出た。麻痺銃を抜き、手早く狙いをつけて発砲。ビームが脚に命中した。狙いどおりだ。まずは相手を混乱させたかったから。異人はどちらも武装していない。おびえて、状況を見失うだろう。そこでとどめを刺すのだ。

異人の動きを観察し、低い丘の陰にかくれたのを確認した。それで安全だと思ったら大間違いだが……そこまで単純な相手ではないだろう。そこ以外に身をかくす場所がなかっただけだ。

ユルンの憎しみはとめどなく拡大していた。エレメントが心にささやきかけ、それに拍車をかける。かれはクウルン＝キリィオル＝トオリトから奪った分子破壊銃を手探りし、収納ベルトからとりだした。かくれ場をはなれ、斜面に向かう。丘に近づきながら、異人たちはどうするだろうと考えた。足音は聞こえているはず。どちら側からくるかはわかるということ。当然、反撃しようとするだろう。

だが、かれらにチャンスはない。

ユルンは怒りの衝動にとらえられ、自分にも相手にもいまの状況がはっきりと理解できるよう、分子破壊銃で岩を撃った。

〈その行動は意味がない。だが、害があるわけでもない。勝利はもはや確実だ〉

エレメントの思考の悪意がユルンにも伝染していた。この銀色の生命体は、明晰な白い被造物が送ってきたものにちがいない。かれが正しく計画し、実行するのを助けてくれる。怒りのすべてを目的に合った方向に導いてくれるのだ。

あのテラナー二名は死ぬだろう。それが第一歩だ。ほんとうの戦いはそこからはじまる……異質な存在すべてに対する戦いが。

空に閃光が出現し、ユルンは凍りついた。圧縮された空気が押しよせてくるのが聞こえる。急速に接近してくるそれは、やがて円盤形の乗り物だとわかった。ＬＦＴの紋章が下面にはっきりと見える。

ユルンは踵を返し、急いでかくれ場にもどった。復讐の熱い吐息が背中に感じられる気がした。だが、後方の目で見るかぎり、相手はこちらに興味はないらしい。目的は助けをもとめてきた同族だけのようだ。

〈あんなものに意味はない。戦いははじまったばかりだ〉

ユルンは背筋を伸ばした。誇り高く戦うつもりでいる。自分こそ先触れなのだ！　今回はテラナー救助作戦にじゃまされたが、次はそうはいかない。戦争の時が訪れたのだ。ツュリュト全土が蜂起するだろう……

＊

イモムシは居心地よさそうにからだをいっぱいに伸ばし、満足そうな笑みを浮かべた顔をギルディの頸にこすりつけた。艦長がおだやかな笑顔を見せる。のんびりしたその顔はマスコットにも劣らない。アドルはそれを見て、気分が安らかになるのを感じた。

「なにもしないいんですか？　ふたりが緊急事態のようですが」

ギルディは両腕をひろげ、顔をしかめた。

「そう焦りなさんな。位置がはっきりするまで、なにができるというの？　まさか《アイアン・メイデン》で駆けつけろとでも……」ロリーとゲリトから方位信号がとどき、彼女は口を閉じた。しばらくコンピュータを操作し、言葉をつづける。「スペース＝ジェットを一機出そう。三分で到着する」

アドルは内心のいらだちを感じた。なぜかすべてがあまりに緩慢に思える。平和オーラの影響で、救難要請をだれも真剣にとらえていないのだ。すくなくとも、だれもあわてているようすがない。緊急要員として艦内にのこっているなかで、不安を感じているのはかれしかいないようだった。そのせいでアドルは、ほかの場合なら人まかせにしたはずの言葉を口にする決意をかためた。

「スペース＝ジェットの操縦士が必要です。だれかが乗っていかないと」

志願者はいるかと、司令室内を見まわす。だれも動こうとしない。

「遠隔操縦もできるんだから、ここからコントロールすれば……」と、ギルディ。

アドルにはよくわかった。操縦士に志願しろといっているようなものだ。このなりゆきは避けられない……かれは、自分のどこにそんな行動力がひそんでいたのかと驚いた。

「第七格納庫だよ！」ギルディの叫ぶ声が聞こえたとき、アドルはもう司令室を飛びだしていた。

無人の通廊を駆けぬけ、直径二百メートルの宇宙艇のはしに到着。遠くから見て、ロックが解除されているのはわかっていた。スペース＝ジェットのエンジンはすでに暖機されている。かれは艇内に入り、ふくらんだドームの下の操縦室に向かった。

ひとりで操縦する場合、作業の大部分はコンピュータがになうことになる。プログラミングはすでにギルディが艦の司令室からすませていた。飛行コースは受信した方位信号で決まっている。アドルの任務は例外的な状況への対処で、なにも起きなかった場合、目的地に到達するまですることはない。

スペース＝ジェットは格納庫を出て、大気圏内で居住地上空を飛行するという条件での最大価で加速した。低空飛行でチュリュヴォルの上を通過する。方位信号の発信地点はすぐ近くだ。停止して滞空したまま、画面上でちいさな丘の陰にうずくまって手を振る、同僚ふたりの姿を発見。

驚いたことに、あたりに脅威となるようなものは見あたらなかった。結局、ロリーとゲリトの白日夢だったのだろうか？

だが、すぐに考えなおす。丘の近くの岩に、明らかに分子破壊銃によると思われる痕跡があったのだ。襲撃者はテラナーふたりを殺そうとした！　スペース＝ジェットを見て、急いでその場から逃げだしたのだろう。

ぎりぎりで、まにあったのだ。あと数分遅かったら、ふたりは生きていなかったろう。アドルは反重力タラップを作動させ、ロリーとゲリトをしずかに上昇させた。ふたりはまもなく操縦室にあらわれた。ゲリトはもう医療ロボットに治療を受けて、ロボットの押すストレッチャーに乗せられている。

「まあ！」それがロリーの第一声だった。「あなただったの、アドル……」

そのあとに疑問符をつけるか感嘆符をつけるか、迷ったようだ。口調がすこしおかしい。アドルが操縦していたのは予想外だったのだろう。かれはいつものとおり、人に認められていないのだと考えかけたが、それはもう克服したのだと自分にいいきかせた。

「姿を見た？」

「襲撃者の？」アドルは首を横に振った。「いや。急いで逃げたようだ」

「遠くには行っていないはずだ。急げば捕まえられる」と、ゲリト。

アドルは明確な決断をくださなければならないことを理解した。いつものようにためらって右顧左眄（うこさべん）している時間はない。かれは意を決して操縦装置に向かった。スペース＝ジェットが上昇。視界が大きく開けた。艇の下面にあるカメラがとらえた崖や荒れ地の映像がスクリーンに表示される。

「あそこ！」ロリーが叫んだ。「いたわ！」

アドルは上昇をやめ、映像を拡大した。襲撃者は岩の尖塔の陰にかくれていたが、上空の目から身をかくすことはできない。

「ブルー族か」と、ゲリト。「この惑星の住民ではないんじゃないかと思っていたが。ほら、平和オーラがあるわけだから。あいつは免疫があるってことだな」

《アイアン・メイデン》からギルディが会話に割って入った。常時接続リンクで行動をすべて把握している。

「免疫があるとしても、行動の説明はつかないね」

「極地連山で出会うハネ人は、ほとんどが花嫁探しの途中です」ロリーが指摘する。

「わたしたちを見て困惑したか、脅威に感じたのかもしれません」

「肩になにか乗っているな」アドルは身を乗りだし、画面を凝視した。

ギルディはその言葉を完全に誤解した。

「いいかい、若い友。そんな当てこすりはやめて……」

のこりは聞きとれなかった。ゴリアテの咆哮が艦長の声をすっかりかき消してしまったから。

ふたたびしずかになったとき、ロリーがいった。

「艦長の幸運のお守りのことじゃありません。わたしたちを襲ったブルー族です。やはりペットを連れているようなんです」

「ああ、たしかに！」当然、スペース＝ジェットの下部カメラがとらえた映像は《アイアン・メイデン》にも送られている。ギルディはよく見ていなかったようだ。「失礼、アドル、わたしをからかったのかと思ったものだから」

「まさか！」アドルはさらに顔をしかめてじっと画面を見た。「十二本の肢を持つ銀色の蟹（かに）のように見えます。おかしな生物だな」

そのとき、ブルー族がぎごちなく姿勢を変えた。岩陰を出て横を向く。テラのスペース＝ジェットがその気になったら逃げきれないとわかったようだ。

「行け！」ストレッチャーに横たわったまま、ゲリトがいった。「捕まえるんだ。質問に答えさせないと」

「待て！」

アドルが画面上を指さす。第二のハネ人が出現していた。極地連山の奥から急ぎ足でくだってきて、町に向かっているようだ。同族を見つけ、手をあげて挨拶している。そのあと、頭上に浮遊しているLFT艇に気づいているかどうかたずねるように首をかしげた。

だが、肩に蟹を乗せたブルー族がとった行動は、およそ文明人らしいものではなかった。テラナーに向けていた攻撃を新来者に向けたのだ。突進し、相手を殴りつける。決闘がはじまり、それは時間がたつほど凄惨さを増していった。攻撃されたハネ人は全力であらがっている。

「理解できないわ」ロリーがつぶやいた。「チュリュヴォルでは平和を祝っているというのに、ここでは争いあっている。どういうことなの?」

アドルもなにかいおうとしたが、そのとき、いきなり争いが中断した。かれは信じられないという顔で画面を見つめた。両者が突然、引きさがったのだ。まるでなにごともなかったかのように立ち話をはじめている。

「あとからきたほうの肩にも蟹がいるわ」ロリーがつぶやいた。

アドルもようやく気がついた。両方のハネ人の肩に銀色の甲羅が見える。かれは息をのんだ。不可解な謎の冷たい吐息がかれに触れた。

「戦いがはじまる前には一体しかいなかったはずだ!」

「きっと勘違いよ」と、ロリー。「たぶん、この極地連山で卵の巣を探すブルー族は全員があの動物を連れているんだわ。一種の迷信だと思う。さっきは気がつかなかっただけよ」

「そうじゃない！」アドルは引きさがらない。「二体めの蟹はいなかった！」

「そうだとしても」と、艦長が割りこむ。「あたりを見てごらん。小動物がかくれる場所ならそこらじゅうにある。ブルー族が戦っているあいだに一体が忍びよって、肩に乗ったとしても不思議はない」

「いえ、そういうことでは……」

アドルは黙りこんだ。この不気味さがどこからくるのか、自分でもわからなかったのだ。そんな感情をどうして理解してもらえる？

「ところで、シ＝イトの艦隊が到着した」ギルディがいった。「われらが大食いの友はすっかりいい子になったようだよ。この平和オーラが二千年前に発明されていればよかったのに」

アドルは目に見えないヴェールを振りはらおうとするかのように、はげしくかぶりを振った。両ブルー族は話を終え、別々のほうに歩きだした。ひとりはチュリュヴォルに向かい、もうひとりは町はずれを通って宇宙港に向から道を進んでいく。二名は偶然、アドルがいま向かっている地区にある家の同居人だったのだが、かれには知るよしもない。なにもかもがおかしいと、アドルは思った。テラナーへの攻撃から両者の決闘、さらにはいまブルー族二名がたどっているルートまで。

だが、かれはその違和感を表明できなかった。たぶん自分の考えすぎだと思ったから。

こうして事態は動きだした……ツュリュトに訪れる不幸と、銀河イーストサイド全体を巻きこむカタストロフィのはじまりである。

6

かれらは幸福感と平和にひたりきっていたため、脅威を認識できなかった。それはゆっくりとひろがりだし、やがて雪崩のような勢いで周囲を巻きこんだ。

レジナルド・ブルもすぐには気づかなかった。

炎の標識灯の平和オーラを長く浴びつづけたため、メンタル安定化処置にもかかわらず、かれもその作用を受けていたのだ。油断していたのもあるだろう。ハネ人は相いかわらず友好的で、訪問者を最大限にもてなし、すばらしいホストぶりを発揮していた。信用しない理由はない。

テラナー二名が一ハネ人に襲われたという報告を、ブルはただ聞き流した。ツュリュトに居住する二十億のブルー族のなかには、平和オーラの心理放射に対する自然の免疫を持っている者も多少はいるだろう。攻撃的な態度をとる者も、わずかながらいるかもしれない。ブルは極地連山の麓での出来ごとを偶発的なものと考えた。

もちろん、かれもアドル・クルンメナウアーの奇妙な報告は目にしていた……が、

《アイアン・メイデン》の艦長と同じく、それを無価値なものとみなした。アドルは何度も不器用なやり方で認められようとしては失敗してきたことで知られている。そんな男の曖昧な証言を、まともに受けとる必要がどこにある？

一方、タウレクはこの事件を軽視せず、混沌の勢力を過小評価すべきではないと警告した。直接的な関与の証拠はないものの、エレメントの十戒がどんなかたちで手を出してくるか、わからないのだから。

「よりによって、いまここで？」と、いうのがブルの反論だった。「すべては平和で、例外は一ハネ人だけだ。現地はしずかで、目もいきとどいている。大きな変化があればすぐにわかるはず」

「その考え方は危険だ」タウレクは指摘した。「エレメントの介入がそれとわかるほどになったら、そのときはもう手遅れだ」

ブルはそんな言葉にも心を動かされなかった。あすの昼ごろには《アイアン・メイデン》はスタートする。平和オーラは惑星をやさしく抱擁している。陽が沈んだとき、炎の標識灯のブルーの光が世界をつつみこんでいるのがわかった。乗員たちは休暇を許可され、のんびりとくつろいでいる。なにか起きるとは思えなかった。

ホストから提供された宿泊場所はバスルームつきの居心地のいい部屋だった。コンピュータ制御の食糧飲料自動供給装置からは、質素だが充分に食べられるものが出てきた。

ブルー族が訪問者の体調を考え、自分たちの好物を提供するのは遠慮したようだ。ブルー族の食べ物は、テラナーにひどい消化不良を起こさせることがあるから。ブルの部屋は宇宙港の近くの大型複合建築物のなかにあり、異星からの訪問者専用で、銀河系のさまざまな種族の要求を満たせるようになっていた。

ブルは寝台に目を向けた。ほかの部屋でもほかの階でも、テラナーたちはすでにほとんどが眠りについている。数時間眠っておくのも悪くないだろう。念のためアセンギルド・チェーンに連絡を入れたあと、バスルームでシャワーを浴びる。《アイアン・メイデン》の艦長から特別な報告はなかった。ロリー・ネルソン、ゲリト・クロアレス、アドル・クルンメナウアーの三名はすでに艦内にもどり、ツュリュトの周回軌道上にはブルー族の艦隊が待機している。ブルは肌をちくちくと刺す冷たいシャワーを堪能し、危険な日常生活の不安を最後の一片まで洗い流した。

そのあと寝室にもどると、思いがけないものが待っていた。ブルは驚いて、戸口で立ちどまった。

ハネ人は技術的なおもちゃに興味をしめさない。宇宙時代やコンピュータ時代の産物をとりいれるのも、どうしても必要という場合だけだ。かれらの生き方はシンプルで、建築物も質素だった。技術者が見れば原始的と思うかもしれない。家のなかでドアのエレクトロン・ブザーや音声反応照明器具、コードや特定の脳波パターンで開閉する施錠機構などを探しても、見つからないのだから。チュリュヴォルでは、ドアは機械的に施錠しないかぎり、いつでもだれでも開けることができる。

ハンザ・スポークスマンを待っていた女も、これを利用したようだった。シャワーの音のせいで、ブルは侵入者に気づかなかった。女は部屋の中央に立ち、かれに険悪な目を向けていた。《アイアン・メイデン》の乗員のなかには武器を持って上陸した者もいる。女もそのひとりだった。右手にブラスターを持ち、熱の揺らめく銃口がブルを狙っている。その肩にはこぶし大の、ハチの巣状の銀色の甲羅がある生物が……

ブルは血が凍るかと思った。タウレクの警告があらたな意味を帯びる。女は決意をかためているようにも、迷っているようにも見えた。心の声に耳をかたむけ、どうするのがいちばん効果的か考えているかのように。ブルはそこにチャンスを見いだした。とはいえ、いつでも発射可能な武器を前に、そのチャンスはごくちいさい。

「友を殺すのか！」と、急いで声をかける。「きみの味方を！」

ほかにいい言葉が思い浮かばなかった。思考は千々に乱れている。ロリーとゲリトへの襲撃……アドル……タウレク……二体の銀色の蟹……三体め……

部屋にいるテラナーの女も蟹を連れている。ほかに何体いる？　どこからきた？　どんな意味が……？

「平和は終わったわ」女がいった。「これからは戦争の時代よ！」

ブルは棒立ちになった。一歩でも動けば、なにかの陰にかくれる前に撃たれるだろう。女の目は熱に浮かされたように燃えている。決意をかためたのだ。銃口がわずかにあがる。

いまだ！　ブルには膨大な戦闘経験と、人間の典型的な行動に関する深い知識があった。それを駆使して初撃を避ける。女が引き金を引く直前、床に身を投げたのだ。必殺のエネルギー・ビームはかれの上を通過し、バスルームの奥の壁を破壊した。

その一瞬の混乱に乗じる。襲撃者は連射に切り替えるのではなく、ブラスターの狙いをさげただけだ。ごくわずかな間があり……それがブルの命を救った。かれははね起きて、女に突進。二、三メートルの距離をいっきに詰める。体当たりで女の腕を一撃すると、武器が床に落ちた。

ふたりはとっくみあった。女ははげしくあらがったが、ブルの力にはかなわない。後退し、寝台に上体を押しつけられた。ブルは両手で女の両肩をつかみ、押さえつけた。抵抗が弱まる。彼女の目には荒々しい攻撃性と、妥協のない憎しみがあった。

ブルは驚いた。相手の敵意のはげしさに、文字どおり胸が痛む。

「どうしてこんなことをするんだ？」かれはかすれた声でたずねた。

「戦争よ！　戦争がはじまるの！」女が叫ぶ。

ブルは思わずかぶりを振った。蟹のような生命体は彼女の肩にしがみついたままだ。

あらためて論理的に考察してみる。極地連山の麓でテラナーを襲ったブルー族にも、こんな生命体がくっついていたという。二体めも目撃されている。これは宿主の脳に憎しみの波動を送りこむ、寄生体ではないのか？

ブルは蟹を女の肩から引きはがそうとした。だが、とまどって手をとめる。銀色のハチの巣状の甲羅が縦に割れ、切れ目が深くなって、ふたつに分かれたのだ。あっという間のことで、ブルはほとんど目で追うこともできなかった。生命体はアメーバのように分裂し、ややちいさいながら、同じものがふたつになっていた。

ハンザ・スポークスマンはぞっとしながら、いまなにが起きたのか、この惑星にどんな危機が迫っているのかを理解した。だれも真剣に受けとらなかったアドルの報告が急に現実味を帯びる。二体の蟹は急速に成長し、数秒後には本来の大きさになった。一体は女の肩にとどまり、もう一体はいきなりブルの手に跳び乗ってきた。ブルは驚きのあまり、反応できない。

かれは乱暴に腕を振りまわしたが、蟹は十二本の肢でがっちりしがみついている。女は悪魔的な笑い声をあげた。蟹はいっしんにゴールをめざし、ブルの肩に向かって腕を這いあがる。

そのとき、ドアが開いた。タウレクが飛びこんできて、ひと目で状況を把握。荒々しくブルを押しやる。細胞活性装置保持者はよろめいて壁ぎわに後退した。精神に不快な圧力がかかる。異質な力が押し入ってこようとしているのだ。だが、メンタル安定化処置に阻まれていた。

寝台の上の女は身動きしない。隙をうかがい、床に落ちた武器をひろおうとしているようだ。だが、うまくいかないとわかり、その顔が絶望にゆがんだ。タウレクはあまりに近く、あまりにすばやかった。ブラスターを蹴りのけ、女の肩にとりついた蟹を片手でつかむと、いっきに引きはがす。

ブルは目をまるくした。銀色の生命体はタウレクの鋼のような手につかまれ、不器用に肢を動かしてもがいている……

それがいきなり消失した。

無数のちいさな粒子となり、コスモクラートの指のあいだからこぼれ落ちたのだ。グレイのちいさな雲になって、ゆっくりと床に舞い落ちる。

ブルはタウレクの視線を感じた。黄色い目が射ぬくようにこちらを見ている。

「はじまったな」コスモクラートが陰鬱にいう。「十戒の第二エレメントが目ざめた。戦争エレメントだ」

ブルは身震いした。首を横に向け、自分の肩の上でじっとしている生命体を見る。それが発しているはずの精神インパルスは、ブルに影響をあたえていなかった。手を伸ばしてつかむと、かんたんに持ちあがった。

「気をつけて」と、タウレク。「きみにとって、そのエレメントは危険ではないが。《シゼル》に持ちこんでじっくりと調査しよう」

ブルは蟹を肩の上にもどした。寝台に近づくと、女はもうからだを起こしていた。

「だいじょうぶか？」

彼女はとまどった顔でうなずいた。さっきの行動は彼女の責任ではない。本人もそれはわかっている。だが、ブルを攻撃した自覚はあり、それは彼女のなかで折り合いをつけるしかなかった。

「自室にもどる途中で……」と、ためらいがちに報告する。「一ハネ人に襲われました。やはりその銀色のものを肩に乗せていました。そのあとなにが起きたのか、よくわかりません。いきなり狂気じみた憎しみにとらわれたんです」

「そのことはいい。自分を責めるな」ブルは彼女を気づかった。

力づけようと手を伸ばしたところで、タウレクに引きもどされる。

「気をつけろ。エレメントがいかにすばやく分裂するか見ただろう」

ブルはわきによけた。これからはだれかに近づきすぎないようにしなくては。肩の上の蟹は躊躇(ちゅうちょ)なく分裂し、次の宿主にとりつこうとするはず。

「極地連山のどこかで、なにも知らない一ハネ人が戦争エレメントに不意をつかれたのだ」タウレクはゆっくり冷静に話しているが、内心ではとり乱しているはずだった。

「かれが同族と出会うと、エレメントは分裂して増殖した。アドルはそれに気づいたが、分裂の瞬間は見ていなかったため、報告は不完全なものになった。両ハネ人はそこで別れ、ひとりは市街の中心部に、もうひとりは宇宙港に向かい……だれかと出会うたび、エレメントはさらに分裂増殖した。連鎖反応的に増殖は拡大し、やがてはツュリュト全体が侵食されるだろう」

「恐ろしい話だ。すでにテラナーもとりつかれている」

「しかも平和オーラのせいで、危険が認識できない。不安をいだかないから」

だからいったろう！　ブルは不機嫌にそう思った。

だが、不手際を責めている時間はない。早急に、効果的に行動する必要があった。シャワーを浴びる前にテーブルに置いたアームバンド・テレカムで緊急連絡を入れる。送信先はテラナー全員だ。

「ブルより全員に告げる！　《アイアン・メイデン》にもどれ。第一級危険レベル！　ただちに退避しろ！　ハネ人との接触を避け、また肩に銀色の蟹のようなものを乗せたテラナーにも近づくな。《アイアン・メイデン》に警告！　最大警戒だ！　宇宙港施設が敵に占拠されることも考えられる。防御兵器の準備！　乗員を収容する準備をしろ！　受領確認を！」

「まったくもう！」ギルディのしわがれ声が受信機から聞こえた。「平和を満喫している者たちを、なによりも美しい夢から引きはなすなんて！」

「冗談ではないのだ！」ブルが叫んだ。「確認を！」

「了解しました」

かれは短くうなずいた。ギルディは真剣になるべき時を心得ている。

「ヴィシュナにこの情報は？」

「しばらく前に伝えた」と、タウレク。「《シゼル》は適切に防御されている」

ブルは銃をひろいあげ、女性乗員に投げわたした。

「必要になるかもしれないが、通常どおり、絶対の緊急時だけだ」

彼女はためらいがちに立ちあがった。まだ混乱しているようだ。タウレクも出ていこうとしない。平和オーラの影響を脱したブルは一秒もむだにしたくなかった。

「行くぞ！　なにをぐずぐずしている？」

タウレクが少年のような笑みを浮かべた。

「きみはシャワーを浴びたばかりだから、まず衣服を身につけたほうがいい。その腹は見すごせない」

＊

ギルディは司令室に急ぎ、ゲリトとアドルがそこにいることを確認した。ふたりはその時間の当直で、当然、ブルからの連絡を聞いていた。

「この真夜中に！」艦長はうめくようにいい、司令スタンドに陣どった。「外の状況はどうなっている？」

「しずかです。異状はありません」ゲリトが真剣な顔で答える。

「ふむ。それなのに、ぐっすり眠っているところをたたき起こされたのね」

ギルディの内心は、外に見せているほどおちついてはいなかった。レジナルド・ブルがあそこまでいう以上、さしせまった危険があるにちがいない。彼女は大全周スクリーンの映像記録を調べた。宇宙港は管制塔の建物の正面まで、明るい光に照らされている。ブルからの連絡を受けたあと、ゲリトが照明を最大にあげていたのだ。高速巡洋艦の横には暗赤色の防御バリアにつつまれた《シゼル》がうずくまっている。周囲に動くものは見あたらない。

「なにが起きたかわかった」アドルが火器管制画面から目をはなさず、ゲリトにいった。「ブリーが銀色の蟹のことをいっていただろう？　増殖して、次々と新しいハネ人にとりついている。平和オーラも役にたたず、攻撃的にしてしまうようだ。それできみが襲われた説明がつく、ゲリト」

ゲリトは無言でうなずいた。かれも、ほかの全員も、すでに理解している。あのとき宇宙港に向かったブルー族はいまごろもう、管制塔にいる同族すべてを攻撃的に変えてしまっただろう。まだ平和なまま、寄生体にとりつかれずに歩きまわっているハネ人はいそうにない。

「防御バリアを張ったほうがいいのではないでしょうか」ゲリトが不安げにいった。

「もしも撃ってきたら……」

「だめだよ！」ギルディが低い声で拒否する。「乗員がもどってくる。全員がおびえて、艦にもどりたがっている。かれらが構造亀裂に入る順番をめぐって殴りあうのは見たくない」

やがて艦内にのこっていた緊急要員が次々と司令室に集まってきた。かれらは黙って、冷静にそれぞれの持ち場についたが、ひとりががまんできずにたずねる。

「マスコットはどうしたんです、チーフ？」

ギルディは不機嫌そうに顔をしかめた。ブルの連絡であわただしくなり、ゴリアテを起こして肩に乗せることができなかったのだ。彼女はわざときびしい言葉で応じようとしたが、そこにあらたな連絡が入ってきた。

「通信です！」ゲリトが叫んだ。「軌道上のブルー族艦隊からです。ツュリュトに着陸したいといってます」

「シ＝イトにつないで！」と、ギルディ。「警告しないと！　一隻も惑星に降ろすわけにはいかない」

敵はガタス人を罠におびきよせる気だ。寄生体をとりつかせ、最終的には艦隊そのものを掌握するつもりだろう。情報不足で背景はまだわからないが、急速に増殖している寄生体の意図と目的は明らかだった。

「信じようとしません」シ＝イトと話したゲリトが興奮して報告する。「平和と信頼感に満たされていて、同族に攻撃されることなど考えられないといってます」

「当然だね！」と、ギルディ。「平和オーラの影響を受けているから。われわれ自身、危機が迫っているなどとは考えもしなかった。説得をつづけて」

スクリーン上に急いで町をはなれるジュリアン・ティフラー一行の姿が見えた。ひろい道路を通って着陸場に向かっている。

「ブルより《アイアン・メイデン》」テレカムから声が聞こえた。「警告する。われわれが相手にしているのは戦争エレメントだ。ほとんどのブルー族がすでにとりつかれ、一部のテラナーにも被害が出ていて、のこりはとりつかれた者たちに追いまわされている。対抗処置をとらなくては！　タウレクとエルンスト・エラートとわたしは直接《シゼル》に向かう。受領確認を！」

「了解！」

ギルディの頭のなかで思考が渦を巻く。戦争エレメント！　それ以上の説明は不要だ。エレメントの精神的な鉤爪につかまったブルー族が群れをなし、まだ正常な者たちを追いかけているのだろう。平和オーラにつつまれてのうのうとしているあいだに、死の罠が閉じたのだ。

艦長は片手を司令コンソールにたたきつけた。

「戦闘ロボットを出動させる！　武装は麻痺銃！」

すぐさまロボット部隊が《アイアン・メイデン》のエアロックから続々とあふれだした。光学センサーと麻痺銃を装備し、地面すれすれを浮遊してチュリュヴォル郊外に向かう。テラナーが助けをもとめていたら、ただちに介入するだろう。

「探知！」アドルが司令室で叫んだ。「第十七監視セクターです。なんてことだ、重野戦砲を持ちだしてきた！　防御バリアを……！」

遅かった。だれも反応できない。どこかで閃光がはしり、衝撃が艦を襲った。ギルディが両腕で目をおおう。からだが前方に投げだされたが、即座にハーネスがそれを引きもどし、コンソールに激突するのを防いだ。外側カメラの自動フィルターが働き、光の洪水をやわらげる。赤い警告灯が点灯し、船体の数カ所が深刻なダメージを受けたことを知らせた。

「しかたない！」ギルディが声をあげる。「応戦しなさい、アドル！」

火器管制士が命令を実行する前に次の衝撃がきた。なにかが破裂する音がして、ギルディは破片が宙を舞うのを目にし、からだが横に引っ張られるのを感じた。艦がかたむいている。地球型惑星に着陸した場合、反重力装置は切っておくのがふつうだ。平和な状況に安心しきって、自動制御にさえしていなかった。反重力装置は反応しない。《アイアン・メイデン》はかたむきつづけ、宇宙港の強化ベトンの地面に激突した。ギルディは司令シートにななめに宙吊りになったまま、投光照明が次々と消えていくのを見ているしかなかった。オレンジ色の炎が平和オーラの温かな光と混じりあう。保安ハッチが音をたてて閉じた。上極ドームから火の手があがる。

ようやくだれかが防御バリアを展開し、グリーンにちらつく光が艦をつつみこんだ。だが、狙いすました奇襲のあと、遅ればせで形成されたHÜバリアでは、もはや球型艦を救うことはできない。せいぜい、これ以上の被害を防げるだけだ。

アドルは懸命に火器を再調整した。複雑な電子機器は衝撃で停止してしまったため、手動でやるしかない。代替機能への切り替えもうまくいかなかった。あちこちでちいさなエラーが発生し、理論上はまず起きるはずのない故障が起きている。ただ、アカデミーではどんなとんでもない状況にも対処できるよう訓練を受けてきた。アドルはどうにか自動装置の故障個所を迂回することができた。

「標的捕捉！　いつでも撃てます！」

「待て！」ギルディが叫んだ。「気がすんだらしい。攻撃がやんでいる」

実際、周囲はしずかになっていた。ブルー族はテラの巡洋艦を航行不能にしたことで満足したようだ。艦長のもとに被害報告が集まりはじめる。上部デッキの火災は消火設備とロボットが消しとめていた。発電機やエネルギー・プロジェクターは厳重に防護されていて、被害はない。

ギルディは長距離光学観測装置が伝えてくる都市外縁部の状況を注視した。《アイアン・メイデン》への攻撃後、テラナーの退避は停滞していた。人々はバリケードを築き、押しよせてくるハネ人をできるかぎり遠ざけている。ときおりブラスターのビームがひらめくのが見えた。あらゆる場所に戦闘ロボットがいて、広角麻痺ビームでブルー族の集団を無力化していく。テラナーたちもそれでひと息つけているようだ。

「ブルより《アイアン・メイデン》！　警告！　われわれ、着陸場を突っ切って《シゼル》に向かう。可能なら援護射撃をたのむ。受領確認を！」

「確認しました」ギルディは横を向いた。「アドル、注意して。地上で銃撃してる連中になにもさせないように！」

「了解」

「ひどいもんだ」ゲリトが文句をいう。「ブリーはわれわれが生きてるかどうか、たずねもしなかった。だいじょうぶだと決めてかかってるんだ」

「なにをいっている！」と、ギルディ。「艦が異常な状況下にあっても、乗員の操艦能力を信用しているということ。司令室が防御されていることもわかっている」

彼女はあらためて宇宙港周辺の状況を確認し、大きくうなずいた。

「自由に攻撃！　やってやれ、クルンメナウアー！」

まばゆいビームの片舷斉射で艦が震動した。緩衝装置は作動していて、球型艦が後方に押しやられることはない。管制塔と地上防護設備の前にビームが轟音とともに命中。アドルは攻撃を継続した。解放されたエネルギーが宇宙港の施設の前で荒れ狂い、ブルー族の視界と探知能力を奪う。高熱で地面が溶けはじめた。ギルディは頭を低くして駆けていく三つの人影を画面上に認めた。標的地点とは反対の、《シゼル》にまっすぐ向かっていく。コスモクラートの小型機の赤い防御バリアが一瞬だけ消え、三人は機内に飛びこんだ。

「攻撃やめ！」

ビームがとまる。アドルは額の汗をぬぐった。宇宙港の地面は数百メートルの長さにわたって沸騰していた。溶岩状の物質がゆっくりと流れだし、徐々に冷えかたまっていく。濃いグレイの雲がたちのぼった。

「反撃してくるのでは……」アドルが不安そうにいう。

ギルディは無言でうなずいた。

実際、反撃してきた！

だが、次の攻撃は《アイアン・メイデン》を狙ったものではなかった。地上からの砲撃の標的は《シゼル》だ……まるでブルー族が、片舷斉射の目的に気づいていたかのように。だが、タウレクの小型機の優秀な防御は突破できない。ハネ人が攻撃をやめてビームが消えても、状況に変化はなかった。

「こっちを無視しているわ」ロリーが信じられないというようにつぶやく。

「ああ、われわれがブルー族を殺そうとしていないことには気づいてるようだね」ギルディが芝居がかった身振りでいった。「それに、寄生体の影響を受けているとしても、わかっているんだ。ブルー族はばかじゃない。本気で攻撃をつづけたらどういうことになるか、わかっているんだ。HÜバリアを突破する前に、いざとなったらこっちがかれらを粉々に吹き飛ばしてしまうってね」

「われわれをここに釘づけにしておきたいんでしょう」ゲリトも同意する。「いまいましいことに、それには成功してる」

ギルディは苦い笑い声をあげた。目下の最大関心事は、追跡してくるハネ人の猛攻を宇宙港周辺で防いでいるはずの、未帰艦の乗員たちだった。着陸場を横切って《アイアン・メイデン》に通じる道はいまのところ通過できない。現状では自殺行為になるから。救出作戦も不可能だった。戦闘ロボットはブルー族の前進を食いとめつづけているが、テラナーたちの困難は解消していない。

「援護射撃をもう一度すれば、そのあいだに艦にたどりつけるかも……」艦長が考えを声に出す。

「すでに戦闘になっていますから、全員がすばやく動けるとは思えません」と、ロリー。

「乗員だけでなく、ブルー族やエレメントも艦内に入りこんでしまうでしょう」

ギルディは背筋を伸ばし、その場の面々の顔を順番に見わたした。

「そのリスクは受け入れられないと思う者は？」

だれも身動きしない……当然だ。仲間たちの状況はよくわかっている。ゲリトだけがあえて異議を唱えた。

「《シゼル》でなにか考えているはずです。そうでなければブリーが乗りこんだはずがない。乗員たちはまだ持ちこたえ……」

制御スクリーンになにかが表示され、かれはそちらに気をとられた。ギルディは歯噛みした。基本的にはゲリトのいうとおりだとわかっている。乗員たちがハネ人の攻撃を撃退できているかぎり、介入したところで危険な火遊びとなるだろう。

「ブルー族艦隊の一隻が着陸しようとしてます」と、ゲリトが報告。「シ＝イトが乗る《トリュリト・ティルル》です」

「まさか！」ギルディは驚きの声をあげた。「下でなにが起きているか、わかっていないとでも？　目が見えないのか？」

「見えなくされているというべきでしょう」と、ゲリト。「平和オーラのせいだと思い

ます。武器を使った戦闘が起きていると、信じられないのでしょう。われわれも目をさ
ますまではそうでした」
「もう一度シ＝イトに連絡を！　事態を説明して！」
ゲリトは見たところ冷静に艦長の要求に応じたが、内心は違っていた。ギルディ自身、
ガタス人をとめるのは無理だろうとわかっている。シ＝イトは着陸を強行し、ブルー艦
は戦争エレメントに乗っとられてしまうだろう……

＊

タウレクはゆっくりと背筋を伸ばし、分析が終わったことをしめした。ブルはじっと
かれを見ている。コスモクラートは器具をわきにどけ、慎重に手を伸ばして蟹の甲羅を
つかんだ。その手のなかでエレメントが細かい塵に分解する。
「すべてこうなって終わる」タウレクが陰鬱にいった。
ブルは意気があがった。ほんの数分前まで、手もとのわずかな資源だけで蟹をなんと
かできるとは、ほとんど思っていなかったのだ。敵の数は倍々で増えていく。いまごろ
はもう百万を超えているだろう。戦争エレメントの前進はとめようがなく、最後のハネ
人があの危険な寄生体を肩に乗せることになるのは、もう時間の問題だと思えた。
だが、いまは〝すべてこうなって終わる〟とわかったのだ。

ブルは胸が躍るのを感じた。興奮がかれをとらえた。

「どういう意味だ？　なんとかできるのか？」

「たぶん……できる」

かれらがいるのはパイプ形の《シゼル》内部の小空間だった。計器や装置類に埋めつくされ、ふたりがいっしょに入るとほとんど身動きもできない。だが、ブルは気にしなかった。かれにとりつこうとした蟹を分析しているのだ。ブル同様、タウレクも邪悪な寄生体のささやきに免疫があった。ヴィシュナとエルンスト・エラートは制御プラットフォームでハネ人の攻撃から機を防御している。タウレクは粘り強く、体系的に作業を進めた。だが、その劇的な言葉を耳にするまで、ブルは成功を信じていなかった。

そしていま、突然、ふたたび希望の灯がともったのだ。

「あの寄生体は人工物だ」タウレクがしずかに説明する。「アンドロイドといってもいい。銀色のハチの巣状の甲羅は受容装置として働き、あらゆる種類のエネルギーを吸収して、分裂後は栄養と成長の両方を制御する。人間のような意味での意識はない。感情も自由意志もないということ。その人工脳には、わたしがパラメカ性疑似意識と名づけたものが搭載されていて、プシ放射はそこでつくりだされる。その放射がテレパシーのように作用して、個々の宿主に影響をあたえるのだ。その結果は周知のとおり。エレメントの影響を受けた個体は攻撃的になり、エレメントを持たない者すべてに憎悪を感じるようになる。闘争本能が思考を支配するのだ」

「火と水だな」ブルが不安そうにいう。「平和オーラは無限アルマダの接近を容易にし、争いを防止する。寄生体の目的は正反対で、銀河系の住民に戦争をけしかける」

「ブルー族は最初の犠牲者だ」と、タウレク。「シ＝イトが着陸したら、蟹はイーストサイド全体にあふれるだろう。ブルー族という培養基は進化史的に条件がそろっていて……きわめて都合がいい」

ブルはうなずいた。何世紀にもわたる抗争と同族間の戦争のあと、GAVÖKにブルー族を迎えたことでようやく、対立していた多くの種族が平和のうちに、たがいを尊重して暮らせるようになったのだ。それでもなお、かくれた敵意はいまも根深くのこっている。戦争エレメントはGAVÖKの成果をだいなしにするだけでなく、いずれはイーストサイドの境界をこえて戦争を拡大させるだろう。

「どうすればカタストロフィを防げる？」

タウレクは姿勢を正した。もう時間がないことはわかっている。

「行こう！」

ブルはかれのあとについて制御プラットフォームに向かった。ヴィシュナはふたりの姿を見て、すぐに操縦ピラミッドの前の場所をあけた。タウレクのことはよくわかっているので、説明は必要ないらしい。解決策を見いだしたことを感じとったのだろう。

タウレクは鞍(くら)に似たシートにすわり、ピラミッドのセンサーの上で両手を動かした。バリアに守られた舷窓ごしに、《シゼル》が上昇しているのがわかる。だが、からだにはなにも感じなかった。

「《トリュリト・ティルル》が着陸しようとしている」コスモクラートはおちついていた。「エアロックが開く前に、この騒ぎを終わらせるぞ」

ブルはもうがまんできなかった。

「なにをするつもりなのか、教えてくれないのか?」と、歯を食いしばってたずねる。

「これは人類にも関わることだ。わたしには知る権利が……」

タウレクはいつもの明るい笑い声をあげた。

「もう攻撃されることはない、友よ。わたしがいいことを思いついたから。エレメントは分解する」

ブルはエラートに助けをもとめるような視線を向けた。気の短い人間にとり、重要な状況をうしろから見ているだけではつらいものがある。だが、エラートの助力は得られなかった。メタモルファーは意味ありげな笑みを浮かべるばかりだ。

「きみもか……!」

そのとき赤い防御バリアが消え、透明な司令ドームごしに外のようすがはっきりと見えた。ブルはいらだたしげに黙りこんだ。コスモクラートがバリアを解除したなら、宇宙港のハネ人たちはもう脅威ではないということ。《シゼル》は地上にならんだ野戦砲の上を通過し、着陸場のはずれに向かった。ブルー族の攻撃に耐えていたテラナーの一団が近づいてくる。《アイアン・メイデン》のロボット部隊はもう暴徒を押しとどめられていない。

「あれを見ろ！　よく見るんだ！」タウレクがブルにいった。

ブルは目を凝らした。喧噪（けんそう）でよくはわからないが、戦いは下火になっている印象だ。ビームの閃光もすくなくなっている。あちこちでハネ人が、それまで攻撃していたテラナーと話をしているのが見える。

夜の闇を照らす平和オーラのブルーの光でそれがわかった。

しばらく見つめていて、ようやく気がつく。

ブルー族の肩の上から銀色の蟹が消え……まだいたとしても、徐々に塵に分解していく……

平和がもどったのだ！

ブルは耐えられない重荷から解放されて思わず笑い声をあげ、安堵の声を漏らした。

「どうやったんだ？　タウレク、くそ、説明が待ちきれない！」

《シゼル》はしずかに旋回し、チュリュヴォル市内をめざした。

「コスモクラートの技術さ」タウレクがおだやかに説明する。「ときとして驚くべき力を発揮するとは思わないか？」

ハンザ・スポークスマンは鼻を鳴らした。曖昧なことしかいわない相手の肩をつかんで、からだを揺さぶってやりたい。

「エレメントの構造を分析して、対処法がわかった」タウレクが説明をつづける。「細部まで話す必要はないな。こういえば充分だろう……あの蟹の人工細胞構造だけに作用するよう調整したハイパー次元インパルスを、《シゼル》から放射したのだ」

ブルはとまどいながらうなずいた。ほとんどなにも理解できないが……だからどうした？　コスモクラートのパイプ形宇宙船は、その不気味なインパルスを惑星全体に放射するだろう。戦争エレメントはもうおしまいだ。

＊

「報われない出来ごととして語られるか、書きのこされるんでしょうね」ロリーが物思わしげにつぶやく。「あなたはどう思う？」

アドルはたじろいだ。どうして自分に話しかけるのか、という疑問を全力でおさえこんで、

「そうだな」と、ようやく口を開く。「銀河系は死の危険をまぬがれた……そういってもいいんじゃないか」

ロリーは肩をすくめた。

「そうね。見方によってふたつの側面があるということ。いずれにせよ、あなたには感謝しないと……」

かれは目をまるくした。

「どうして？」

「気づいてくれたから。命を救われたわ」

アドルはおずおずとうなずいた。自分はやはり変われないのか？　相手の言葉に、どうしても皮肉を感じてしまう……どんな内容であっても。

そんな物思いを破ったのはゴリアテの咆哮だった。艦長はアツィルクのホエイモムシを司令室に連れてきていた。そこがイモムシの居場所だと思っているから。以来、乗員たちはいつもどおり悩まされつづけていた。つい最近まで支配的だった平和の静けさは、もうどこにものこっていない。

「まさかこんなことになるなんて！」ギルディが不機嫌そうにいった。ゴリアテが息継ぎのために咆哮をやめたところで、「引退して、どこか遠くの惑星で、宇宙を飛んだりしない船に乗ってのんびりすごすはずだったのに！　冗談じゃない！」

笑う者はいなかった。じつはだれもがわかっているのだ。彼女がそんな軽口で安堵感を、さらには心苦しさを表現していることが。

ほとんどの者はハネ人による大がかりな攻撃を生きのびたが、力つきた者も多少いる。かれらが無意味な死を遂げたように思えることが、いまは満たされたギルディの心に暗い影を落としていた。ツュリュトの平和は、最後は苦いものになったが、これからもつづくだろう。ゴルゲンゴルの炎の標識灯は遠ざかっていくが、それなりの影響はのこしていた。平和オーラは弱まりながらもまだつづいている。

「今回の出来ごとから、われわれ、なにかを学んだのだろうか？」彼女はだれにともなくそういった。

ゴリアテのしわだらけの奇妙な顔に共感の表情が浮かんだ……まるで飼い主の気分がわかっているかのように。

「すくなくとも、学んだことはある」と、ギルディは自答する。「強制された平和はうわべだけのにせもので……戦争が起きるのは大衆が煽動されるせいだ。真に知性的な生き方は、その両者の中間に存在する」

エピローグ

惑星ツュリュトにいつもどおりの暗い夜が訪れた。ブルーの光はもうない。ただ、はるか上空には、平和な気分を昂進させ、対立感情を麻痺させる、あの奇妙な力の残照がとどまっていた。

とはいえ、ツュリュトははじまりにすぎない。決戦はどこかべつの場所で起きるだろう。

そう。かれは賢明に行動した。コスモクラートの宇宙船への攻撃が失敗に終わったあと、放射のとどかないかくれ場に逃げこんだのだ。かれの肩に乗ったエレメントは消滅をまぬがれた。

〈わかったろう、戦争の力のほうが強いのだ！〉かれのなかの声がささやく。〈戦争は平和よりも強い〉

ユルンは同意せざるをえなかった。エレメントが最初にその力を証明したのは、極地連山の麓でフュイイルに跳び乗ったときだ。友が都市住民に教訓をあたえているあいだに、ユルンは宇宙港管制塔を制圧した。あとになってかれは、この作戦をテストだったと考えた。エレメントを破壊できる力が存在することを知ったが、それにどう対抗すればいいのかもわかったのだから。

LFTの球型艦のことはもうどうでもよかった。どうせテラナーは仲間が迎えにくるまでツュリュトにとどまるはず。ユルンの狙いはガタス人艦隊の旗艦《トリュリト・ティルル》だけだった。頭上に見えている。エアロックが開くと、目前に迫った勝利に対する悪魔的な感情が湧きあがった。

かれらはあまりに平和的で、不注意だ！　数人の乗員が町に向かっている。市内を見物したり、惑星の自然な空気を吸ったりしたいのだ。エアロック・ハッチを閉める手間さえかけていない。

ユルンは勝ち誇った。

エレメントも勝ち誇った。

両者は気づかれることなく艦内に入っていった。

宇宙の炎の道

トーマス・ツィーグラー

1

かれの名はユルン、ブルー族のハネ人である。かつては惑星ツュリュトの極地連山の頂きにある卵の巣に登り、そこで妻を得て、息子や娘をつくり、死ぬ定めの生命体に許された唯一の方法で不死になることを望んでいた……自分の子孫をのこすというかたちで。だが、いま、名前や故郷や望みといったものはすべて、かれにとって意味を失っていた。

かれはいまだにユルンだが、同時にそれ以上の存在でもあった。戦争をなりわいとする兵士、戦闘のための戦士、破壊だけを目的とする破壊者だ。

〈それでいい〉と、頭のなかの声なき声がささやく。〈われわれはひとつだ、ユルン、目に見えない鎖で結ばれている。魂は溶けて混じりあい、硬化して鋼の合金となり、鍛えられて剣となった。戦争の血塗られた被造物がわれわれの生命のなかに息づき、聖戦

はじまったばかりだ。星々が待っている。われわれは星々が望むものをあたえる。銀河系の恒星の数ほど多数の犠牲者を……〉

ユルンは身震いした。憎悪が語りかけてきたから。そこには魂のない物体だけにそなわる悪意と無責任さがあった。憎悪はかれのなかにもある。それが満足をもとめて、ブルーの斑点のあるハネ人の手に握りこぶしをつくらせ、全身を震えさせた。

〈待て〉と、頭のなかの声がささやいた。〈いまはまだ早い。スタートするまで待つのだ。そのあと出ていって艦内を襲え。ほかの者たちにもわたしの声をとどけて、かれらが戦争に奉仕できるように〉

声なき声の命令は絶対で、ユルンはそれにしたがった。かれのなかの憎悪が燃えあがり、疑念や同情や理性を焼きつくした。

声の主はユルンの細い肩の上の存在だった。指ほどの長さの十二本の肢で衣服の上からしがみつき、残酷な思念をささやいている。テラナーなら地球の蟹（かに）に似ていると思うだろうが、からだは銀色で、甲羅はハチの巣状に分割されている。大きさは人間のこぶしくらいで、実際には蟹ではなく、合成生命体である。〝エレメントの十戒〟のひとつ、戦争エレメントだ。ユルンはその兵士だった。かれは兵士として戦争に参加することが気にいっていた。

それこそがかれの望むすべてだ。

人生の目的なのだ。

エレメントもそれを確認した。

〈戦争はこの宇宙で永遠に有効な唯一の原理だ。自然界の重力の法則はどこかで終わるし、原子は破壊され、時間も制御される。だが、戦争だけは違う。消え去ることも、終わることも、打ち負かされることもない。戦争を否定するのは宇宙の自然に反する行為であり、戦争を受け入れる者は理性との調和をたもっている。戦争を生きのびられるのは強者だけであり、強者のみが存在する権利を持つのだ〉

ユルンは頭のなかに響く声にうなずき、憎悪はさらに熱く燃えあがった。以前、べつの考え方をしていたことは、ぼんやりとおぼえている。人生の意味を平和と、平和がもたらす自由に見いだしていたもの。だが、いまはそのまやかしに気づいた。以前の自分を頚なしと呼び、おろかな夢の被造物、恥辱の被造物の下男とさげすんでいる。なにをすべきかはわかっていた。人生がかれに望むのは、理性によってふさわしい存在となることだ。戦争エレメントがかれにその理性を授けてくれた。

だが、いまは待機だ。

そうすることで、この理性を同族にもひろめることができる。

ユルンはキャビン内を歩きまわった。そこは《トリュリト・ティルル》の最下層メイン・デッキで、鋼と消毒剤のにおいがする正方形のキャビンは、照明が天井の非常灯しかなく、薄暗かった。壁ぎわにはスチール棚がならんでいる。幅広で背の低いロッカーに似ていなくもない。乗員たちが、航行中に宇宙の黒い被造物から守ってくれるお守りを安置しているのだ。通常、ここにやってくる乗員はまずいない。最初に配属されたときか、永久に艦を降りるときくらいのものだ。

いいかくれ場だ。ユルンは満足げにそう思った。ここなら偶然だれかに出くわす可能性は低い。

ハンマーを振るうような鈍い打撃音が聞こえ、かれははっとした。だが、すぐに緊張を解く。

〈危険はない〉と、エレメントがいった。そのとおりだ。ユルンがツュリュトの宇宙港に着陸したこのガタス艦にもぐりこんだとき、通廊や機関室には破壊のシュプールが見られた。金属部分はひびが入っていたり、割れていたりした。まるで急に冷やされ、直後に急加熱されたかのようだ。プラスティック板はもろくなり、メタルプラスティック容器は朽ち木のようになっていた。修理は二日前からつづいていて、艦内はその騒音でいっぱいだ。それが数時間前からしずかになっていた。ユルンは《トリュリト・ティル》の修理が終わり、ツュリュトをはなれるのではないかと期待した。

だが、そうはならず、かれはふたたびうろうろと歩きだした。肩の上の戦争エレメントの重さはほとんど感じない。それもいまは黙って、ガタス艦をおのれの複製でいっぱいにする時期をじっと待っている。

「忍耐だ！」ユルンの甲高い声がせまいキャビンに響いた。「わたしは戦う！」〈おまえは戦う。その時がきたら〉と、エレメント。

ユルンはなにもいわず、なにも考えず、ただ歩きまわりつづけた。こぶしをかため、胸に無力な怒りを燃やし、狂おしい憎悪をかかえて。

ハンマー音がやんだ。

艦内がしずかになる。

突然、ユルンは足をとめ、細く頑丈な頸の上の皿頭をかしげて耳を澄ました。強力なマシンが作動して、床も壁も天井も、すべてが振動している。反重力装置の低く深いうなりとともに、高さ四百三十メートル、直径千メートルの鋼の山が惑星重力を振りきろうとしていた。反重力エンジンはユルンのかくれ場のすぐ上、《トリュリト・ティルル》の第二メイン・デッキに設置されている。円盤形宇宙船の上極にある司令室とユルンの現在地を隔てるのは、十階層のメイン・デッキが占める四百メートルの距離だった。

うなりがはげしくなる。

船体に衝撃がはしり、うなりは背景音にしりぞいた。ふたたび衝撃があり、《トリュリト・ティルル》が重力圏を脱出しようとしているのがわかる。反重力エンジンのうなりが消え、インパルス・エンジンのくぐもった響きがそれにとってかわった。巨大な円盤形宇宙船が最低限の推力で、ツュリュトの空に押しあげられていく。ユルンは興奮のあまり四つの目をすべて閉じて、想像した。チュリュヴォルが後方にちいさくなり、北極地域の陸塊がまだら模様のテーブルクロスのように見えてきて、首都の居住塔や公共施設、郊外のピラミッド構築物、極地連山の断崖や尾根がおもちゃのようにちいさくなっていくようすを。

《トリュリト・ティルル》が低い雲の層を突きぬけ、インパルス・エンジンの音が大きくなる。圧力調整装置が働き、徐々に大きくなる加速度の影響を相殺（そうさい）した。もうすぐ艦は暗い無限の宇宙に出る。

ユルンは目を開いた。

〈時がきた〉人工蟹がユルンの心に語りかける。〈行け！〉

麻痺銃を抜き、すばやく二歩でハッチの前に立つ。開閉センサーに手を置くと、ちいさな音とともにハッチがスライドして開いた。目の前は左右にのびるひろい通廊だ。キャビン内よりも明るく、インパルス・エンジンの音も大きく聞こえた。右手には地上部エアロックをそなえた大型格納庫があり、反重力発生装置も設置されている。そこなら乗員もいるだろう。

麻痺銃の安全装置をはずし、急ぎ足で通廊を進む。角の向こうから声が聞こえた。

「……シ＝イトはきっと夢の被造物に心を奪われたにちがいない。だって、ツュリュトにあと何日か滞在することもできたはずなんだ。修理はまだ完了にはほど遠いし……」

ユルンは勢いよく角を曲がった。作業着姿のブルー族が二名、息をのんで足をとめる。細い頸の上の皿頭が不安そうに前後に揺れていた。

「おい」大柄なほうの一体が口を開いた。「きみはいったい……」

ユルンが発砲。ちいさな発射音とともに麻痺ビームがはなたれ、相手は床に倒れた。もうひとりは甲高い悲鳴をあげて逃げだそうとしたが、やはり麻痺ビームを浴び、背を向けようとする動きの途中で凍りつき、倒れて動かなくなった。

〈よくやった〉と、戦争エレメント。

ユルンは麻痺したふたりのあいだに歩を進めた。どちらも開いたままの目にとまどいの表情を浮かべている。エレメントが視界に入ると、そこに恐怖の色がくわわったような気がした。ユルンはかすれた笑い声をあげた。憎悪の念が大火事のように燃えあがる。エレメントはすばやくユルンの肩からおり、床の上で動きをとめた。銀色のからだに震えがはしる。震えははげしくなり、やがてこぶし大の甲羅に亀裂が入った。亀裂は大きくなり、深い割れ目になり、エレメントが分裂。半分になった甲羅からはすぐに片側の六本の肢が生え、大きさもたちまちもとどおりになった。ユルンのエレメントはまた肩の上にもどり、もう一体はさらに二体に分裂した。

分裂増殖には数秒しかかからない。二体の新しい蟹は、それぞれ麻痺したガタス人に近づいた。それがブルー族に触れると、目のなかの恐怖の表情が驚きに変わった。驚きは理解になり、理解は……憎悪になる。

ユルンは満足そうにさえずった。

麻痺銃は最弱にセットしてある。両ガタス人は十分もすれば麻痺が解け、戦争への奉仕を開始するだろう。かれと同じように通廊や機械室をうろつき、あらたな兵士を獲得するはず。全艦がかれらのものになるのも、そう先の話ではないだろう。

〈次だ！　むだにできる時間はない。司令室に急げ！〉

ユルンはエレメントの指示にしたがった。

走りだす。

肩の上では戦争エレメントが尊大な口調で語りつづけていた。これからなにをするか、どんな戦いが期待できるか、まもなく全銀河系をおおいつくす大戦争がどんなものになるか……

2

「陰険な青い被造物にかけて、なんだこれは！」艦長のシ＝イトがいった。

プリイト・スープの皿のなかから、指先で虫のような物体をつまみあげる。このスープはカビキノコ団子とヒキガエルの疣（いぼ）の煮汁でつくる、惑星ラトスの名物料理だ。物体はくねくねとシ＝イトの指に絡みついた。

「ミミズですね。まちがいありません」女航法士のギュルガニイはそういうとテーブルごしに身を乗りだし、シ＝イトのひとさし指に巻きついた六センチメートルほどのミミズに飢えたような目を向けた。「きっと特別料理ですよ。だって、おいしそうですもの」

「だが、プリイト・スープに入れるものではない」と、シ＝イト。「スープにミミズを入れるなんて、ラ＝グーファングはどうしてしまったんだ」

《トリュリト・ティルル》の司令室内の飾りたてられた食卓でシ＝イトの隣りにすわっていた首席通信士のエリュファルが、幅広で肉厚の舌をうれしそうに鳴らした。ものほしげにミミズを見つめている。ミミズはその視線を感じたのか、シ＝イトの指から手のひらのほうに、かくれ場でも探すかのように移動した。

「これはきっとラ＝グーファングの好意の印ですよ、シ＝イト」首席通信士はまた舌を鳴らした。「というのも、これはムウルト・ミミズだと思うんです」

「ほんとうか？」シ＝イトは手のひらのミミズをまじまじと見つめた。「ムウルト・ミミズだと？　見たことはないが、グリーンの砂の被造物にかけて、半銀河系くらいはするはず。わたしのためにムウルト・ミミズを！　銀河イーストサイド最高の美味を！　食通の垂涎（すいぜん）の的で、一世紀に一度、ごく少数の選ばれた者だけが口にできるという……」かれは声を落とした。「知ってのとおり、ムウルトはとても稀少な種だ。わたしのためにそれを見つけてきたラ＝グーファングは、まさに天才だな」

「でも、どうしてスープに入れたんでしょう？」四名めの同席者、心理看護師のユティフィがたずねる。「それに、どうしてなにもいわなかったんです？」

「わたしを驚かせようとしたのだ」シ＝イトは感きわまっていた。「真実の白い被造物にかけて、料理長は聖者だ！　いままでは評価を間違えていた。酔っぱらいで、いいかげんで、頭がおかしくて怒りっぽいと思っていたが、じつは愛する艦長をムウルトでよろこばせようとする聖者だった。わたしは昔からずっとムウルトが食べたいと思い、艦に聖者を乗せたいと思っていた。ふたつの望みが同時にかなったのだ！　わが友たちよ……」と、あいているほうの手を振り、「……ツュリュトからのスタート時に酒を飲むわけにはいかないという事情がなかったら、全員にツュイグリュイリイをふるまうところだ。だが、そうもいかないので、ここはわたしがムウルト・ミミズを食べるところを見るだけで満足してもらいたい」

エリュファルはうつろな笑い声をあげた。

「感動して、どうすればいいのかわかりません」

「大きすぎる栄誉です」と、ギュルガニイ。

「このよろこびはけっして忘れないでしょう」ユティフィが締めくくった。

「喝采は不要だ」シ＝イトはあいている片手をあげて、ひかえめにいう。「知ってのとおり、乗員がわたしへの愛をおおっぴらにしめすのは好きではない。艦長の威厳に関わるから。艦長は憎まれるべきなのだ。だから、わたしを愛するなら、憎んでもらいたい」

ミミズには保護色の能力があるようで、手のひらの上で体色がブルーに変化していた。

「そんなことをしてもむだだ」と、シ＝イト。

かれはスープ皿を押しやり、あいている皿を引きよせると、ナイフでミミズを慎重にその上にうつした。黒いプラスティック製の皿に触れた瞬間、ミミズの体色が黒に変化する。テーブルをかこむ乗員たちは魅入られたように、艦長がフォークを手にとり、その先端を近づけるのを見つめた。あとほんの数センチメートルだ。

「やめて」と、ミミズがいった。

シ＝イトはげっと声をあげ、ナイフとフォークをうしろにほうりだした。それが金属音をたてて司令室の奥に落ちる。操作卓や操縦装置の前にいた者が、艦長たちのほうを向いた。ツュリュトからのスタートを祝って少人数で食事をしているシ＝イトの勤務態度に、司令室要員の大多数が無言の怒りをおぼえ、違和感や嫉妬を感じている。その反応は、炎の標識灯がプリイルト星系にのこしていった平和オーラでもおさえることはできなかった。

「興味深いわ」ギュルガニイがいった。「テラにも似たような習慣があったと聞いています。地球のある民族は……記憶がたしかなら、イワンといったはず……食事が終わるたびにグラスを壁に投げつけたそうです。その後、この風習はテラ全体にひろがり、ホワットカと呼ばれました。アングロ系テラ言語の〝ホワット〟と蛮人系テラ言語の〝カ〟の合成語で、ホワットは〝なに〟を、カは〝ない〟を意味します。〝なに、もう酒がないのか〟を略したもので、これは心理学的に見た場合、陶片追放と呼ばれる風習にも関連して、失望の表現になります。酒がもうないという失望を……」

「しずかに！」シ＝イトが大声をあげる。

ギュルガニイは黙りこんだ。

「ミミズがしゃべった」と、シ＝イト。「ナイフとフォークをほうりだしたのはそのせいだ。失望したのではなく、びっくりしたのだ」

エリュファルとユティフィは顔を見あわせた。

「ミミズがしゃべった？」と、ユティフィ。「艦長、グリーンの砂の被造物にかけて、たしかですか？」

「まちがいない」シ＝イトは語気を強めた。「もししゃべっていなかったら、宇宙の黒い被造物にさらわれたっていい」皿の上に身を乗りだす。ミミズは身をすくめた。注目を集めているのが気にいらないようだ。

ギュルガニイとエリュファルとユティフィも、好奇心から皿をのぞきこんだ。

「またしゃべるかもしれません」エリュファルが期待をこめていう。「それでほんとうにムウルト・ミミズかどうか、はっきりするというもの」

「そうなのか？」シ＝イトは首席通信士に疑わしげな視線を向けた。

「もちろんです」エリュファルは皿頭を振った。「ムウルト・ミミズに知性はありませんが、知性体に食べられそうになると、知性があるようによそおいます。進化の妙というやつです。知性体以外に天敵がいないので、生きのびるためにそうなったのでしょう。知性に対抗できるのは知性だけですが、ミミズに知性をあたえるのは進化的にはナンセンスなので、自然は疑似知性というトリックを編みだしたのです」

そういうと、満足そうに舌を鳴らして、

「そして艦長、あなたはこのトリックに引っかかったわけです」

「そういうことか！」シ＝イトは憤然とさえずった。「ユティフィ！　新しいナイフとフォークを！」

心理看護師は艦長にナイフとフォークを手わたした。

ミミズが縮こまって、

「やめなさい。致命的な過ちです、艦長」

シ＝イトは皮肉に笑った。

「さらばだ、友よ。二度もだまされたりはしない！」

フォークがさがり、ナイフの鋭い刃がぎらりと光る。

「わたしには毒があります」と、ミミズ。「ひと口食べたらからだが黄色くなって、舌を突きだし、自分は植物だと思いこむようになる。定期的に水をかけるよう部下にたのむことになりますよ。そんなふうにはなりたくないでしょう！」

シ＝イトはためらった。

「なんといっていますか？」エリュファルが熱心にたずねる。

「聞こえなかったのか？」と、艦長。

「ええ。ムウルトの疑似知性の声は、食べようとしている者にしか聞こえません。テレパシーのようなものです……疑似テレパシーですが」

「なるほど」シ＝イトは居心地悪く感じた。心が決まらないままミミズを観察する。

「毒があるといっている。食べたら黄色くなって、舌を突きだし、自分は植物だと思うようになると。すこし恐くなったのはたしかだ」

「うまい嘘です」エリュファルはシニカルに笑った。「艦長、信じちゃだめですよ。毒があるといっているのは、いったいだれです？」

「べつの考え方があるかもしれません」ギュルガニイが助言する。「そういう幻覚を見るとか」

「ま、そのとおり」と、ミミズ。「わたしは幻覚です。毒のある幻覚ということ。幻覚を食べようとするのはおろか者だけでしょう。艦長にふさわしいことじゃありません」

シ＝イトはナイフとフォークをわきに置いた。

「まさか降参する気ですか？」と、エリュファル。「ミミズの戦略は明白です。つまり、絶体絶命の状況にあって、助かるためならあなたのおばあさまの生まれ変わりだとさえ主張するでしょう」

「じつはそうなんです」ミミズがいう。「わたしはあなたの祖母の生まれ変わりで、長年の魂の遍歴をへて生者の世界にもどってきたのですが、無力なミミズの肉体に生まれてしまいました。当然、艦長ともあろう者が祖母殺しなど、できるはずはありません。

そんなことをしたら、いまの地位を失うことになる。そこまでの価値があることですか？」

シ＝イトはテーブルをかこむ面々の期待の視線を受け、とまどって咳ばらいした。

「えへん、そう、思うに、わたしがいいたいのは……つまり、率直にいって……」

金属的なかちっという音がして、アルコーヴのスピーカーから副長のガルファニイの声が流れた。

「シ＝イト艦長、ただちに司令スタンドへ。問題が生じて……」

シ＝イトはほっとして席を立った。

「仕事だ」と、いい、急いでその場をはなれる。司令スタンドに向かう途中、またムウルト・ミミズの声が聞こえた。

「あなたたちも、かれにならったほうがいいですよ。ここにあと三名いますが、こんなちいさなミミズを三等分するなどというのはばかげています。だれの得にもなりません。とりわけわたしの得には。ここは理性的に……」

シ＝イトはそれ以上聞いていなかった。駆けだして、一段高い司令スタンドに向かう。息を切らして短い階段をのぼると、ガルファニイと副操縦士のツィギュリほか二名が緊張したようすでかれを見つめていた。

「なにがあった？」と、シ＝イト。

副長がボタンを押すと、防音フィールドが司令スタンドをつつみこみ、司令室内の騒音を閉めだした。シ＝イトはいらだたしげにまばたきした。どうしてガルファニイは話の内容を内密にしたいんだ？

「下層の五デッキとの接続が切れています」ガルファニイが緊張した口調でいい、コントロール・ランプを指さした。いくつか消えているものがある。「二分前にインターカムから謎めいた連絡がありました。一部の乗員が反乱を起こしたと、一技術者がいってきたんです。でも、詳細をたずねる前に接続が切れてしまいました」

「反乱？」シ＝イトは信じられない思いで問い返した。「わたしの艦で？　前代未聞だ！　料理長のつくるまずい食事のせいで、とうとう乗員が反乱を……」

ガルファニイがよくわからないさえずり声をあげた。

「いまは冗談をいっている場合ではありません、艦長」

「冗談？」シ＝イトは心ここにないようすでインターカムに向きなおった。「わたしは冗談などいわない。いったことがない。主義に反するから」

ボタンを押して全艦チャンネルを開き、制御卓の前にあらわれたオレンジ色のエネルギー・マイクロフォンに顔を近づける。

「こちらは《トリュリト・ティルル》艦長のシ＝イトだ。全乗員に告げる。下層デッキで反乱が発生したことを把握した。反乱が違法なのはいうまでもないが、貧相な食事の成果を艦の上層部がこのようなかたちで責められるのは不公平だ。文句があるなら、ラ＝グーファング料理長に直接いうべきだろう。食事の責任者はかれなのだから」

そこでふと思いつく。ラ＝グーファングはムウルト・ミミズ入りのプリイト・スープを全乗員にふるまったのではないか？　陰険な青い被造物にかけて、あのミミズが反乱の引き金になったのでは？

「全員、よく聞け」と、急いでつけくわえる。「ひとつはっきりさせておく。ミミズに知性はない。しゃべるミミズが食事に入っていたかもしれないが、それはムウルト・ミミズという疑似知性を持った生命体で、自分が食べられないようにしゃべっているだけだ。反乱をそそのかしたわけではない。はっきりいっておく……エリュファル首席通信士も確認しているが……ミミズは嘘つきだ。その言葉を信じるな！　武器を置き、持ち場にもどれ。反乱ごっこをしている場合ではない。非番のときになにをしようとかまわないが、職務中は不満をいうな。そういうことだ。理解してくれることを望む。各メイン・デッキは五分以内に了解の報告を送れ。以上」

シ＝イトは満足して姿勢を正し、自分の感情移入能力の高さを自慢に思った。これで反乱は終息するだろう。

「信じられません。こんなこと、ありえません！」ガルファニイがいった。

「どうかしたのか？」と、シ＝イト。

ガルファニイはシートの背にぐったりともたれ、うろたえたように皿頭を振っている。その姿は魅力的だった。とほうにくれるようすが美しい！　シ＝イトは心の内に温かいものが湧きあがるのを感じ、いとおしむように彼女の頭のブルーの綿毛をなでた。「わたしのかわいい卵ちゃん、どうしたんだね？」

「どうしたんだね、ですって？」ガルファニイは甲高い声で笑った。「反乱が起きてるんですよ！　艦の半分は応答せず、足もとでなにが起きているのか知っているのは宇宙の黒い被造物だけだというのに、しゃべるミミズとラ＝グーファングの料理の話をするなんて。司令室を閉鎖して、武器をとるべきです！　鎮圧部隊を編成し、反乱の起きているデッキに派遣しなくては」

シ＝イトはそれを中途半端(はんぱ)に聞いていた。

「ラ＝グーファングが問題なのだな。武器を配布し、鎮圧部隊を調理場に向かわせよう。ラ＝グーファングの首を持ってこい！　反乱者にあたえるスケープゴートが必要だ。さもないと、乗員の怒りがこちらに向いてしまう。ラ＝グーファングを呼べ！」

かれは後方の目で、司令室と下の各メイン・デッキをつなぐ反重力シャフトから出てくる人影をとらえた。ラ＝グーファングだ！

シ＝イトは自分の手で料理長を捕まえようとして、司令スタンドの階段をおりかけ、はっと動きをとめた。ラ＝グーファングは両手に麻痺銃を握り、その右肩にはこぶし大の銀色のものがしがみついている。

シ＝イトはぞっとした。

宇宙の黒い被造物にかけて！　戦争エレメントだ！　戦争エレメントが艦内に！

反重力シャフトからはさらに続々とブルー族が出てきていた。全員が武装して、肩に十二本肢の蟹を乗せている。攻撃が開始された。

シ＝イトは本能的に床に身を伏せた。防音フィールドのせいで麻痺銃の発射音は聞こえないが、制御卓や操縦装置の前で乗員が次々と倒れていくのが見える。駆けだそうとしたガルファニイが途中で倒れ、ツィギュリは自分の武器で一発反撃できたものの、すぐに撃ち倒された。シ＝イトは後方のふたつの目で、ギュルガニイとエリュファルとユティフィがアルコーヴから飛びだし、混戦のなかに消えていくのを眺めた。

脱出しなくては！　この場を切りぬけ、艦隊に警告しなくては！　平和オーラが……すべての赤い海の被造物にかけて、あの平和放射がわれわれを安穏とさせていたせいで、エレメントは仕事がしやすくなっている。ここで警告するのに失敗したら、艦隊もかんたんにかれらの手に落ちてしまうだろう！

かれは麻痺した副長の横を這い進んだ。ガルファニイの目の表情を見ると胸が痛んだ。彼女にはこれから起きることがわかっているのだ。蟹たちはすでにひろい円形の司令室内に散開し、麻痺した犠牲者たちに近づきはじめていた。

シ＝イトはならんだ端末の陰にかくれ、大全周スクリーンにちらりと目を向けた。そこには惑星ツュリュト周辺の宇宙空間と、黄白色の恒星プリイルトがうつっている……小艦隊に属するほかの二百二十五隻の青白いエコーも。シ＝イトは悪態をつき、自分の麻痺銃を抜いてなかば身を起こし、司令スタンドから跳びおりた。防音フィールドから出たとたん、小競り合いの音や麻痺銃の発射音や倒れた者の悲鳴が大波のように襲ってくる。目の前に顔があらわれた。乗員の一技術者だが、その目には異質な憎しみがあふれ、肩には戦争エレメントが乗っている。

麻痺銃を発射すると、顔は見えなくなった。頭を低くして走り、非常口をめざす。かれは慈悲と希望の被造物に祈った。脅威がすべてをのみこんでしまう前にうまく脱出して、まにあうようにほかの艦に連絡できますように。走りつづけて、奇蹟的に非常口に到達。手を接触パッドに押しあて、ハッチがスライドしてからだが通るくらい開くと、すかさずからだを押しこむ。

銃声がして、左の膝下が燃えるように熱くなった。それがたちまち膝から足までひろがる。燃えるような感覚はすぐに消え、その部分が無感覚になった。

シ＝イトは毒づいたが、不幸中のさいわいではあった。麻痺ビームがもっとひろがっていたら、脱出は不可能になっていただろう。

麻痺した足を引きずりながらできるだけ急いで、上極観測ドームから反重力シャフトに向かうせまい通廊を進む。運がよければ見つからずに、二階層下の搭載艇格納庫にたどりつけるだろう。戦争エレメントから逃れたのは、自分だけではないはず。《トリュリト・ティルル》には千八百名の乗員がいるのだ。まだ全員がエレメントにやられたわけでは……

希望的観測だ！　かれは自分を叱りつけた。

シ＝イトは足を引きずって前進しながら、耳を澄ました。いまに背後で非常口のハッチが開き、麻痺銃で一撃されて床に倒れてしまうかもしれない。

3

ツュリュトをスタートして二日め、レジナルド・ブルは多目的アームバンドを見て、地球ではいまNGZ四二七年七月十三日の朝に当たることを知った……旧暦でいうなら四〇一四年だ。

だが、古い数え方をするのはわたしのような化石人間だけだな。ブルはシニカルにそう思った。宇宙ハンザ時代の人間にとって、グレゴリオ暦にはなんの意味もない。わたしやペリー・ローダンやそのほかの相対的不死者たちと同じで、化石のようなものだ。

「なにか自己批判しているの？」と、ヴィシュナがいう。

ブルは首をめぐらせた。女コスモクラートはかれの隣りでプラットフォームに腰をおろしていた。プラットフォームはパイプ形の《シゼル》の中央に位置し、そこから透明ドームごしに外部を観察できる。ドームの存在は推測できるだけだが、その向こうには宇宙がひろがっていた。進行方向には銀河イーストサイドの冷たく一様な星の海がひろがり、《シゼル》の後方には広大な銀河間空間があって、異銀河がいくつか、霧につつまれたちいさな光点のように浮かんでいる。

ブルの目にうつるヴィシュナは細身で黒髪、美しい顔立ちで大きな黒い目を持つ、均整のとれたプロポーションの女性だ。彼女について充分に知っているブルでさえ、それがたんなるプロジェクションだと信じるのはむずかしかった。

それはかれの無意識と自意識が望む理想のイメージで、ヴィシュナの真の姿ではない。

「顔を見ればわかるわ」女コスモクラートは言葉を継いだ。「思考を読んだわけじゃない。顔に書いてあるのよ。憂鬱（ゆうう）そうに見えるわ、ブル」

「どうってことじゃない」と、ブル。「不死者はときどき憂鬱な気分になるんだ。だれだってそうなる……チーフも、ラス・ツバイも、ホーマー・G・アダムスも、ジェフリー・アベル・ワリンジャーも、ガルブレイス・デイトンも。数世紀を生きるうちに、友や同僚は年老いて死んでいき、新世代が生まれて育ち、不死者は世界のなかの自分の位置を考えるようになる。わたしは旧暦の一九三八年五月十四日生まれだ、ヴィシュナ。二千年以上昔だよ。当時、地球は第二次世界大戦がはじまる直前だった。血みどろの戦いが終わって平和がもどったときも、月や、ましてほかの星々に飛んでいくことなど、考える者はほとんどいなかった」

ブルは弱々しく微笑して、つづけた。

「そういうことを考える者は夢想家といわれた。それがいまは、銀河系どころかアンドロメダ星雲やマゼラン雲にも行き、チーフはさらにはるか遠く、グルエルフィン銀河やM-87銀河、ノルガン・テュア銀河にまで……いまの時代に生まれた人間にとって、それはあたりまえのことだ。そういうなかで若い時代をすごすのが当然になっている。

わたしが若かった、つまり、ほんとうに若者だったころは……チャック・ベリーやエルヴィス・プレスリーを聞いて、ジェームズ・ディーンの映画を見て、そのあとサザン・ストアのジュークボックスで最新のロックンロールのレコードをかけたものだ。ジーンズをはき、革のジャケットを着て、スチュードベーカーやフォードの車でハイウェイ・レースをやった。そのころスプートニクがはじめて頭上を周回し、NASAがロケットの試験をして宇宙競争がはじまり……わたしはそんななかで育って、自分を形成していったんだ。どれもとっくに忘れられた古い名前ばかりで、あなたにとってはなんの意味も持たないだろうがね。

そしていま、わたしはここにいる。コスモクラートの宇宙船に乗り、地球から八、九万光年はなれて、ゴルゲンゴルの変形エネルギーでできているとしか知らないプシオン性構造物のシュプールを追い、銀河系のはずれにやってきた」

ブルはすわり心地のいいシートの上で身じろぎした。シートはプラットフォームの素材から形成され、体勢に合わせて自在にかたちを変える。かれは咳ばらいして、

「わたしがいいたいのは……われわれ不死者は化石のようなものだということ。われわ

れが育った時代は、現代のテラナーにとっては、学習コンピュータのなかの歴史データにすぎない。われわれは進みつづけている。新しいことを学び、古いことを忘れていく。だがそれでも、その核にあるのは、いまもやはり二十世紀の子供たちなのだ。

わたしには新銀河暦四二七年のテラナーが、ときどき異惑星の住人のように思える。同じ言語を話し、同じ目的のために戦っているが、両者を隔てているものがある。時間だ。わたしがすごしてきた二千年という時間だよ」

「不死者が支払うべき代償があることを知らなかったの？」ヴィシュナの声は冷たかったが、その奥に同情が感じられた。「永遠の命を得た者は、あきらめなくてはならないのよ。故郷を、仲間との絆(きずな)を、ふつうの人々の一員であることを」

彼女の黒い目にからかうような光が浮かんだ。

「でも、あなたは代償を全面的に支払うにはまだ若すぎる。二千年くらいではね。ほんとうに代償を支払うにはもうすこしかかるでしょう。アトランを見なさい。あの人はいくつ？　一万二千歳？　一万三千歳？　地球の海底ドームでどれだけ眠っていた？　ほとんどの年月を眠っていたわけでしょう？　それでも……かれはアルコン人だけど、いまのアルコン人とどんなつながりがある？　祖先と子孫の故郷であるM－13とのつながりは、もうなにもない。テラナーはアトランにあらたな故郷をもたらしたけれど、本人にとって、それがどれほどのものかしら？

アトランが故郷と感じているのは宇宙だわ。惑星や人々はたんなる中継ステーションでしかない。きょうは価値のあるつながりも、あすにはなくしてしまえるの」

ブルはヴィシュナを見つめ、かすれた声でたずねた。

「つまり、われわれもそうなると？　われわれもいつかは人類やテラとのつながりを断ち切り、銀河系とさえ疎遠になるというのか？　不死者だけで定めた目的のために、自分たちだけで行動するようになるということか？　時空間をさまよいつづけ、惑星はたんに次の惑星に飛びうつるためのジャンプ台でしかなくなると？

それでは根なし草だ。つまり、不死者になるというのは、根なし草になることにほかならない。よって立つ堅牢な大地は失われ、のこるのは永遠だけ」

ヴィシュナは片手をブルの肩に置いた。

「そうとはかぎらないわ。あなたは真実を感じとりはじめているけれど、まだ見方がゆがんでいる。いまは根なし草になるように思えても、いつかそれが新しい、あとにしてきたものよりも強固な地盤だとわかるかもしれない」

ブルは思わず細胞活性装置をまさぐった。切れることのない鎖で胸にさがった黒い卵は、肉体の老化と衰弱を防いでいる。

「いや」ほとんど鋭いとさえいえる口調だった。「そんな日がくるとしても、まだ数千年はかかるだろう。われわれ、まだあまりにも深く人類に根ざしている。よって立つ大地はアルコン鋼のように硬いし、人類にはわれわれが必要だ。必要なくなるのは遠い未来のことだろう」

「そうかもしれない」ヴィシュナは顔をブルの顔に近づけた。息のにおいまで感じられるほど。それは甘くさわやかで、ペパーミントの香りがした。「でも、べつのどこかで、もっと切実に必要とされるかもしれない……」

彼女はしずかに笑い、立ちあがると、すばやく二、三歩で《シゼル》の奥に通じるハッチをくぐった。

「魔女め」と、ブルがうめく。

かれは赤毛の髪を手でなでつけた。この二千年間、つねに短く刈りこんでいる。ややおもしろくないと感じながらも、このヘアスタイルにこだわるのは、なにか変化しないものをもとめているせいかもしれない。だが、不死者にとって、いちばん変化しないのはその生命だ。はるか未来に最後の恒星が凍りつくか、それ以前に暴力的に命を奪われるかするまで。

ブルは憤然とかぶりを振った。

もっと重要な心配ごとがある。こんな哲学的思考はなにも生まない。不死者の憂鬱か。さっきもいったが、この二千年をともにすごしてきた友たちなら、だれだってそうだ。ペリー・ローダンさえ例外ではない。それどころか、かれのほうが悩みは深いかもしれなかった。その長い生涯で、ブルやアトランやフェルマー・ロイドよりも深く他者と関わってきたから。トーラ、モリー・ローダン＝アブロ、オラーナ・セストレ……三人とも死んでしまった。永遠に生きるチャンスがあったモリーさえ、パニテルの反乱で……

もうよせ！

ブルはこぶしをかため、立ちあがった。

思い出にひたっている時間はない。蓋を開けたら、氾濫するイメージがとめどなくあふれでてしまう。

大きく息をつき、不気味な巨獣がすべてを食らいつくそうと開いた口のようにひろがる銀河間空間の闇を見やる。そのなかにいくつかともった光のひとつが、ハネ人の住む星系の主星プリイルトだ。ブルたちはそこではじめて戦争エレメントと戦うことになった。

闇を見つめていると、またべつのエレメントのことを思いだした。虚無空間に息づく冷気エレメント。この宇宙に存在するには冷たすぎる、とらえどころのない極寒の存在だ。冷気エレメントの凍える吐息を吹きかけられたものは、この宇宙の絶対零度である摂氏マイナス二七三・一五度よりも低温になり、マイナス宇宙に消えてしまう。べつの物理法則が支配する異宇宙に。

冷気と戦争……エレメントの十戒のうちのふたつ。次はなんだ？　次はどんな敵があらわれて、炎の標識灯がいまだ謎めいたその目的を達し、ペリー・ローダンと無限アルマダが平和裡に銀河系を通過するのを、妨害しようとするのだろうか？

ブルはタウレクに目を向けた。まだかれの前で鞍に似たシートにすわり、操縦ピラミッドで精神的に《シゼル》を制御している。

かれの疑問に答えることができるのはたぶんタウレクだろうが、コスモクラートはつねづね、エレメントの十戒に関しては断片的な情報しかないと明言していた。

ブルは鼻を鳴らした。どうもタウレクは信用できない。〝ひとつ目〟を自称するこの男が敵のために働いているとは思わないが、かくしごとの多いその態度には、どれほど好意を感じている者でも疑念をいだくだろう。

そろそろまた、あいつの腹を探るときだな。ブルはにやりとした。テラの古い諺どおりだ。点滴石を穿つ。

かれはゆっくりと前方ににじりよった。

タウレクの隣りにはエルンスト・エラートがいる。ブルと同じくセランを着用しているが、ヘルメットは閉じていなかった。ヴィールスの顔には独特の硬さがあり、目はガラスマーブルのようで、それが暗い宇宙を背景にブルーに輝いている。ブルは第三勢力時代以来の友に笑みを向けた。かれがたとえ有機物の肉体を失い、修道士〝石の夜間灯〟の助けでヴィールスの肉体に入って生きのびているとしても……ブルにとっては昔ながらのエラートだ。

メタモルファーはクリスタルの唇を動かして笑みを返した。

「たっぷりいちゃついてきましたか？」と、エラート。

「冗談がうまくなったな」ブルが不機嫌に応じる。「ただし、いちゃついていたのではなく、哲学していたのだ。ちなみに、物質の泉の彼岸からきた謎めいた友のガールフレンドを横どりする気はない」

タウレクは操縦ピラミッドから視線をはなし、猛獣のような黄色い目でブルを見て、

「この時代の人間は乱婚をよしとするようだが」

「人間はなんであれ、楽しいことをよしとする」と、ブル。「それを決めるのは自分だ。ところで、わたしはきわめて倫理的な人間だ。嫉妬に駆られた者たちがあれこれ噂を流しはするが」

「酔っぱらいとか、女たらしとか、怒りっぽいとか……」エラートが話に割りこんだ。

ブルが片手をあげる。

「もういい。嘘や捏造(ねつぞう)や歪曲で時間をむだにするな。どうなっているんだ？　もう何時間も宇宙空間を飛行しているが、炎はどこだ？」

タウレクのコンビネーションはシャツとズボンと上着の組み合わせで、銀色から鋼色に輝く長方形の小片でできている。かれがふたたびピラミッドのほうを向くと、それが

さらさらと音をたてた。

「待っているのだ」と、タウレク。「炎のリニア飛行が終わるのを。いまはここから三十光年の距離にあって、ブルーの巨大恒星に向かっている。数時間でそこに到達するはず」

「そのあとは?」ブルはずっとそのことを心配していた。n次元エネルギーからなる巨大な炎の標識灯が恒星の多い宙域にさしかかり、いずれはどれかと衝突することを。

「いまにわかる」タウレクが口数すくなく答える。

ブルはおもしろくなさそうな笑い声をあげた。

「だが、あんたはなにが起きるか知っているんだろう?」

「そのいい方は不正確だ。知ってはいるが、いつ、どのように起きるかはわからない」

「そうだと思った。なんとも誠実なことだな。友のあいだでは……たがいに秘密を持つべきではない」

タウレクは嘆息した。

「その皮肉な態度は場違いだ、ブル。これは誠実さとか秘密とかいった些事(さじ)とは関係ない。特定の情報は、ある特定の時点で開示しないと意味がないということ」

「意味があるかないかを決めるのはあんたってわけだ」そういった瞬間、ブルは後悔した。グレイの回廊にいたさい、タウレクの四次元性の影であるチュトンにどれほど助けられたことか。自己批判をこめて考える。チュトンがいなかったら、ヴィシュナの罠は人類に致命的な作用をおよぼし……ヴィシュナ自身、その人格のネガティヴな構成要素から解放されることはなかったろう。

タウレクはわれわれの味方だ……ときとして、がまんできないほど秘密主義的になるとしても。

痩身のコスモクラートが身を硬くする。高度に発達した《シゼル》の搭載脳から報告を受けているようだ。ふたたび肩の力を抜き、こういう。

「二十分後だ。炎の標識灯がふたたび加速した。通常空間に復帰したら、絶対移動で追跡する。そのあとなら、ブル、なにが起きるか自分の目で観察できるはず。間接的な報告を聞くより、そのほうがいいのではないか？」

「どっちが皮肉な態度なんだ？」と、ブル。「ま、いいだろう。ほかにもいくつかたずねたいことがある。答えてもらえるといいが」

「答えられることなら」コスモクラートはほほえんだ。

シニカルな笑みだとブルは思い、こう考えた。やれやれだな。ヴィシュナはわれわれ不死者の運命について不吉なことを延々とほのめかし、タウレクは話せる以上のことを知っているという謎めいた役割を嬉々として演じている。われわれはそのそばにばかみたいに突っ立って、情報の断片が投げわたされるのを待つばかり……

かれはそんな怒りをおさえ、淡々とたずねた。

「次のエレメントの十戒はいつ出現する？　それはどんなものだ……冷気のような現象か、ツュリュトにあらわれた蟹のような、実体ある存在なのか？」

「すまないが、十戒に関するわたしの知識はかぎられている。正直にいうと、冷気エレメントの存在に気づいたのも、それが異宇宙由来だったからだ。混沌の勢力が深淵の騎士たちに対抗する存在をつくりだしたことは以前からわかっていたが、個々のエレメントについては判明していない。十戒は数千年のあいだに構成を変化させてきている」感情を表に出さないタウレクの顔が曇った。「二百万年前にエレメントの十戒がどうだったかを話しても、意味はないだろう」

ブルはメタモルファーからタウレクに視線をもどして、

「ポルレイターがフロストルービンを封印したころの話だな？」エラートがたずねた。

「関係があるのか？」

「十戒のほうが時代が古い」と、タウレク。「どのくらい古いのかは、わたしにもわからない」

「物質の泉の彼岸からきたにしては知識がすくないな」ブルが低くうめくようにいう。

「知識にはふたつの性質がある。量と質だ。重要なのはどれだけ多くを知っているかではなく、なにを知っているかだ」

やれやれ、いつも謎かけだな。ブルはため息をついた。

「つまり、役にはたてないと？」

「わかっているのは、すぐに次のエレメントが活動を開始するということだ。十戒すべてを相手にすることも考えて準備すべきだろう。われわれにとっても、混沌の勢力にとっても、〝クロノフォシル〟はとてつもなく貴重だ。この対立に勝者がいるとしたら……」

かれは黙りこんだ。

「時間だ」と、しずかにいう。「炎の標識灯がリニア空間から遷移した」

突然、星々が消えた。すべてが宇宙そのもののように真っ暗になったが、それはほんの一瞬のことだった。

ブルは悲鳴を押し殺した。

正面では、こぶしのようなブルーの巨大な恒星が核融合の炎を燃やしている。《シゼル》の真上、手を伸ばせば触れそうなくらい近くには、高さ八億キロメートル、幅五千万キロメートルの炎の標識灯があった。ただ、それがわかったのは、タウレクが《シゼル》をふたたび絶対移動で移動させたあとだった。またしても一瞬の闇があり、パイプ形宇宙船は星系の〝下〟にいた。巨大恒星はビー玉くらいに縮み、炎の標識灯は星々を背景にした、ぼやけた染みにすぎなくなる。

ブルはほっとして、操縦ピラミッドの上に表示されたホログラム映像を眺めた。銀河イーストサイドの、無名の一星系の映像だ。

ブルーの大型恒星は直径が二千万キロメートルほどで、炎の標識灯の四十分の一くらいしかない。炎は公転軌道面に垂直に接近していた。惑星は十七個あり、いちばん外側に凍りついた巨大ガス惑星がある。恒星からの距離はほぼ一光日だ。

「どの惑星にも生命は存在しない」緊張した沈黙のなか、タウレクがいった。

ブルは《シゼル》の奥からヴィシュナがもどってきたことをぼんやりと認識した。

炎の標識灯の速度があがっているようだ。それでも恒星と衝突するまでに、あと数分はかかるだろう。

「あと四分だ」タウレクがかれの推測を裏づけた。

「それで、どうなる？」ブルの声はかすれていた。「なにが起きる？　炎と恒星が衝突したら？　超新星爆発か、さもなければ……」

「炎は恒星と衝突しない」コスモクラートはおちつきはらっていた。臨床医のような冷静さで、炎の標識灯が巨大な猛禽のように星系に襲いかかるのを見つめている。「衝突を回避するのが使命なのだ」

突然、炎の光が強くなった。恒星の輝きがかすんでしまうほどだ。炎のなかからヴァイオレットの閃光が全方位に射出される。その光条に沿って宇宙が裂けていくようだった。ぎざぎざの白い亀裂が生じ、光の速度で拡大し、星系全体を急速に繭のようなものでつつみこんでいく。

「すべての星々にかけて……！」と、ブル。

かれの目の前で宇宙規模のカタストロフィが起きていた。炎の標識灯は宇宙の構造そのものを攻撃しているかのようだ。時空を分解し、次元間の境界を燃やしつくし、炎が恒星と惑星を舐めていく。それは炎ではなく、凝縮されたn次元エネルギーなのだ。

「六次元衝撃波が安定した」タウレクの言葉は明らかにヴィシュナに向けられたものだった。彼女は満足そうにうなずいた。

「パルサー現象は？」と、ヴィシュナ。

「動きだしている」

ヴィシュナは安堵のため息をついた。

「すばらしい。早すぎる起爆でもネガティヴな効果は生じなかったようね」

「まだこれからだ」と、タウレク。

ブルのこめかみに血管が浮きはじめた。怒りが湧きあがる。かれらは知っていたのだ。こうなることを知っていて、話さなかった。かれがなんとしてもカタストロフィをとめようとすると、わかっていたから！

エラートと目を見かわす。メタモルファーのヴィールスの顔には硬い表情があり、きらめく異質な目にはブルと同じ恐怖の色が見てとれた。

ブルーの恒星の星系にここで起きたことは、炎の標識灯が進みつづけるかぎり、イーストサイドのあらゆる場所でくりかえされるだろう。

「タウレク！　いわせてもらう……」

「あとで」コスモクラートが鋭くさえぎる。「まだ待つのだ。見るのだ。それで理解できる」

ブルは唇を引き結んだ。ヴァイオレットと白の光が三次元の蜘蛛の巣のように星系をつつみこんでいく。幅二光週、奥行き一光時。主星はもうその陰にかくれている。セクスタディム現象を突破するほどの光量がないのだ。見えているのはもう炎の標識灯だけ……ぎらつくブルーの目が、ゆっくりと脈動しはじめた。

その脈動に合わせて、謎めいた繭の光も強まっていく。蜘蛛の巣のようなものが徐々に閉じていき、球状の外殻を形成した。全体は白で、ヴァイオレットの斑点があり、脈動するブルーの炎の輝きが漏れてくる。

次の瞬間、それが消滅した。

炎の標識灯の脈動がとまる。

十七個の惑星をしたがえたブルーの大型恒星は……消えてしまった。

ブルが叫び声をあげる。

「恒星が！　どこにいった？　破壊したのか？　あの星系になにをした？」

　ヴィシュナとタウレクがかれを見た。笑みを浮かべている。ブルの感情の爆発がおもしろいようだ。

「星喰らいだ」と、ブル。「あの炎は星喰らいなんだろう？　超ヘテロダイン的存在、スープラヘトのような！　あんたたちはそれを銀河系にはなったのだ。頭がどうかしてしまった……」

「不死者にしては衝動的ね、ブル」ヴィシュナがおだやかに指摘した。「あらたなスープラヘトが銀河系を荒らしまわるのを、わたしたちが黙って見ていると思う？」

　ブルは懸命に自制して、炎の標識灯を指さした。

「あれを見て以来、どんなことでもありえると思っている」

「恒星と十七個の惑星は破壊されてなどいないわ」

「保管したのだ」と、タウレク。

「保管した？」

「それが炎の標識灯の使命だ。途中で出会ったあらゆる恒星、星系、暗黒星雲や大型天体を内部の〝宇宙襞(ひだ)〟すなわち人工的な時空断層に保管する。閉じた小宇宙といってもいいだろう。ブルーの恒星と十七個の惑星はまだ存在している。この時空連続体にないだけだ。この宇宙襞は無限アルマダが銀河系を通過し終えるまで存続する」

路をつくるのだな」

「露払いというわけか」と、エラート。「無限アルマダのために道をあけさせ、先導航路をつくるのだな」

「そのとおり」と、ヴィシュナ。「そのためにゴルゲンゴルを起爆したの。無限アルマダが銀河イーストサイドのクロノフォシルをすんなり通れるように」

「で、なぜいままでその話をしなかった？　くそ、どうしてわれわれを子供あつかいする？」ブルが詰問した。大声を出しているのはわかったが、かまうものか。「なにが起きるのか、なぜ事前に話さない？　炎がイーストサイドのさらに奥まで到達したら、どうなると思う？　ブルー族は、自分たちの恒星や惑星が侵食され、シュプールものこさず消滅させられると考えるかもしれないのだぞ！　まったくもう、心理的な影響を考えなかったのか？　銀河系全体をパニックにおちいらせたいのか？」

「まさか」ヴィシュナがおだやかに否定する。

「その反対だ」と、タウレク。「とはいえ、知ってのとおり、冷気エレメントの活動のせいで予定より早くゴルゲンゴルを起爆することになった。その状況で炎が本来の目的を達成できるかどうか、確信がなかった。最初の対象に接近するまで、待つしかなかったのだ」

「それがいまの状況ということ」ヴィシュナが締めくくった。

「住民のいる星系に接近したときはどうなる？」と、ブル。「ブルー族が、いつ終わるかわからない保管に同意しなかったら？　ブルー族の国家のひとつが、炎のなかの宇宙襞に閉じこめられるのをいやがったら？　まったく、いったいどれだけの数の恒星や星系が犠牲になるんだ？　悪魔にかけて、この先導航路とやらはどこまでひろがって、どこで終わるのだ？」

「あなたほどの理性的な存在が、古代の神格に呼びかけるのは興味深いわ」ヴィシュナが声に甘い響きをたっぷりとふくませていった。「その〝悪魔〟というのは、どんな神なのかしら？」

「挑発に乗る気はない」ブルは彼女をにらみつけた。

「はあ」エラートが嘆息する。「イーストサイドの星々のあいだで痴話げんかとは！」

「これは痴話げんかなの？」ヴィシュナは興味深げにエラートに向きなおった。

ブルは目を閉じ、ゆっくりと五つ数えた。目を開き、しずかにいう。

「いいだろう。客観的に見て、わたしはいい質問をいくつかしたと思う。同じようにいい答えが聞きたい」

「わかった」と、タウレク。「いますべての質問に答えることはできないが、これだけはいえる……炎の標識灯は住民のいる星系も保管するようプログラミングされているが、かれらをこの宇宙から完全に切りはなしてしまうわけではない。ブルー族が炎を攻撃することもない……平和オーラの影響があるから。いくつの恒星が保管されるかは、炎が本来のコースからどれだけぶれるかによる。どこまで先導航路がひろがるかというと、それもやはり……」

ブルは不快な笑い声をおさえきれなかった。

「いいかえれば……〝魔法使いの弟子〟症候群だな。あんたたちは精霊を呼びだしたが、それを操れるかどうかはわからない」

「早すぎる起爆が……」タウレクがすまなそうにいおうとするのを、ブルは途中でさえぎった。

「われわれにプレゼントされたわけだ。そう考えれば多少ともなぐさめになる。コスモクラートも無謬(むびゅう)ではないということ。あんたたちが人間らしく思えてくるな」

「褒(ほ)め言葉と受けとっておこう」タウレクは大きな笑みを浮かべた。

「まさにそのとおりだ」ブルもすこしは和解する気になったようだ。

エラートが咳ばらいした。

「エールの交換がはじまる前にたずねたいんだが……炎の標識灯の進行はどこで終わるのか?」

「われわれの計画では、いまのところ、ガタス人の故郷であるフェルト星系だ」タウレクがいつになくすなおに答えた。「ただ、さっきもいったとおり、起爆のタイミングが早まったため、確実ではない」

「確実ではない、か」エラートはうなずいた。「どうやら、すぐにわかりそうだぞ。炎の標識灯が消えかけている」

ブルは視線を上にもどした。エラートのいうとおり、純粋エネルギーの巨大構造物はもうはっきり見えなくなっていた。ふたたびリニア空間に潜入しようとしている。

「タウレク……！」

コスモクラートはすでに独特の硬直姿勢をとっていた。《シゼル》の搭載脳と精神的にコンタクトしているのだ。

「コースを維持している」と、しばらくして報告。ほっとしているようだ。

一方、ブルは緊張していた。

「最初に居住者のいる星系と接触するのはどこになる？」

「炎の進行範囲によって異なるわ」ヴィシュナが答えた。「たぶん直径数光年の誤差が出るはず。ただ、誤差が最小になったとしても、恒星ヴリジンから百六十七光年のところを通過する。こちらの情報によると、ヴリジンはブルー族カルル人のちいさな独立星間帝国の主星よ。多数あるブルー族の国家のひとつね」

ブルはむっつりと考えこんだ。そこからが本番というわけか。

ふたたび星々のあいだに目を向け、考える。好奇心に満ちた、あるいは恐れるような目の数々が、すでにこちらを見つめているのだろうか。五次元と六次元の衝撃波をまき散らし、星系をまるごと消し去ってしまう炎の標識灯のような存在が、ずっと気づかれずにいるはずがない。

ブルー族にも、エレメントの十戒にも。

4

「……侵攻してきた戦争エレメントの破壊に成功し、とりつかれた乗員たちも影響から解放できた」副長のガルファニイがエネルギー・マイクロフォンに向かっていう。《トリュリト・ティルル》の大型ハイパー通信機は、ブルー族艦隊のほかの二百二十五隻に向かって、超光速で副長の言葉と映像を送信した。その劇的な報告は、旗艦に緊急応答要請をつづけていた艦隊の全艦にたちまち伝わった。

旗艦の沈黙には、当然、すべての艦が気づいていたのだ。

「われわれは幸運に恵まれた」ガルファニイは報告を締めくくった。「しかし、ツュリュトをエレメントから解放した装置をコスモクラートのタウレクから託されなかったら、敗(やぶ)れていたでしょう。とはいえ、戦争エレメントはほかの艦にも侵入しているかもしれない。

ゆえに、以下のとおり命令します。各艦は搭載艇を《トリュリト・ティルル》に派遣し、この装置を受領すること。各艦に六台ずつ配布する数がそろっている。各艦長は全乗員を非武装で食堂に集合させること。これはエレメントの拡散を防ぎ、すでにとりつかれている者がいないことを確認するための処置です。不必要な流血は避けたいから。コスモクラートの装置を使えば、脅威は早急に除去できる……装置がとどくまで、待機するように。

各自、命令受領を送ること。以上」

各艦から徐々に確認の応答が入る。ユルンは燃えさかる憎悪のなかで思った。これでうまくいくはず。血まみれの戦争の被造物がブルー族艦隊を支配し、あらたな兵士たちによろこびの視線を向けるだろう……

かれはガルファニイに背を向けた。ハイパー通信が終了し、副長が新しいほんとうの顔を見せる。なだらかな曲線を描く腰から背中を通って、彼女のエレメントが肩に這いあがり、十二本の肢でしがみついた。ユルンは後方の目で、ガルファニイが振り返り、ゆっくりと近づいてくるのを眺めた。

彼女が背後で足をとめると、ユルンも振り返った。昔ながらの礼儀だが、ほかの古い慣習とももども、すぐに過去のものになるだろう。

〈なぜなら、戦争とは嫉妬深い被造物だからだ。敵を殺す以外の風習がそこに入りこむ余地などない〉と、邪悪な声なき声がユルンの心に語りかける。

ユルンはなにもいわない。

無言でガルファニイを見つめる。その目にも憎悪が恒星のように燃えさかっていた。「すぐにくるわ」彼女の声はかすれ、怒りと戦争への熱狂をおさえこんでいた苦労が感じられた。それは空気や水のように、あって当然のものなのだ。「かれらはなにも疑わずに、コスモクラートの装置ではなくエレメントを艦に持ち帰るでしょう。そこでは非武装の乗員たちが食堂で待っていて、エレメントは分裂し、全員に理性をもたらすはず」

それからどうなる？　ユルンは自問した。

〈その時がくればわかる。だが、その前に問題をひとつ解決しなくてはならない。シ＝イトを……〉

ユルンは皿頭を動かして同意をしめした。自分が状況を主導するのは、シ＝イト艦長が戦争の支配者の正しい影響下に入るまでのこと。そう考えることに、後悔も嫉妬もなかった。必要なことだから。この先、もっとずっと大きな戦争が起きる。その戦争を遂行し、銀河系を燃やしつくすには、充分な準備をしなくてはならない。さまざまな道具が必要になるだろう……とりわけ、シ＝イトが。

「よし」ハネ人はガルファニイに向かっていった。「平和オーラのせいで、かれらが疑念を持つことはない。搭載艇が到着し、乗員が荷物を受けとったら、数時間後には艦隊はわれわれのものだ。すべてが順調に運ぶよう目を光らせていてくれ、ガルファニイ」

彼女は無意識に肩の上の蟹をなでた。

「まず搭載艇を、次に艦を掌握しましょう」と、かすれた声でいう。目には憎悪が燃えたぎっていた。「エレメントはすでに分裂し、搭載艇の乗員にとりつけるよう、格納庫に充分な数が待機しているわ」

ユルンは片手を振って《トリュリト・ティルル》の副長を行かせた。彼女は踵を返し、そのときを待っていたかのように、反重力シャフトに駆けこんでいった。

ユルンは考えこみながら司令室内を見わたした。

向こうにラ＝グーファングがいる。操縦装置の前にはギュルガニイ、首席通信士のシートにはエリュファル。奥にはユティフィとツィギュリのほか、多くの人員がいた。名前もすべてわかっている。エレメントが教えてくれたから。全員の肩の上に銀色の蟹がいた。すべてユルンとガルファニイの肩にいるのと同じ複製だ。

〈戦争には多くの兵士が必要だ〉声なき声が冷たくささやく。〈どれだけいても、その飢えを満たすことはできない。この宇宙の全知性体が決死の戦いに全面的におもむいても、戦争は飢えを増大させ、さらなる戦いをもとめるようになるだけ。宇宙にはかぎりがなく、時間は永遠だが、戦争はそれ以上の……不滅のものなのだ……〉

「ユティフィ！」ユルンは声をあげた。

心理看護師が即座に応じる。猫のようにしなやかに、見慣れた炎を目に宿し、早く敵を殺したいという衝動を全身にみなぎらせて近づいてくる。

「シ＝イトは？」と、ユルン。多くを語る必要はない。わざわざ言葉にしなくても、エレメントが気づかせてくれるから。

「立てこもったままよ」ユティフィも同じく簡潔に答える。「状況に変化はないわ」

かれを殺したい！　ユルンの憎悪がいきなり爆発した。殺す許可をくれ、エレメント！

〈シ＝イトは必要だ〉エレメントがテレパシーで答える。

憎悪は新星のように爆発し、崩壊して、もとの炎にもどった。わかった、と、心のなかで応じる。命令と服従が必要なことは理解していた。その原理によって、生者はふたつの集団に分けられる。両者を隔てる垣根は死ぬことによってしかなくならない。

〈そうだ、ユルン〉声がかれの思いを裏づける。〈戦争は多くの垣根を破壊し、古い絆をほどき、あらゆる価値観を無効にするが、結局はあらたな垣根をつくり、あらたな絆を結び、あらたな価値観をつくりだす。命令する者と服従する者のあいだの垣根、主人としもべの絆、盲目的服従という価値観を。つまり戦争とは、真の正義への第一歩なのだ……死があらゆる者にもたらす正義への……〉

ユルンはすでに動きだしていた。ユティフィがなにも訊かずについてきていることを後方の目で確認。彼女のエレメントが同行するよう命じたのだろう。いっしょに司令室を出て、非常口を通過し、シ＝イトがどうにか脱出した通廊を抜け、外縁部の一反重力シャフトを使ってメイン・デッキを二階層下まで行き、最終的に搭載艇格納庫のひとつに出る。

　入口には武装したブルー族が立っていた。全員が戦争エレメントを肩に乗せている。武器庫から持ちだしたものを装備している乗員もいた。重戦闘服、ショック銃、ガス手榴弾、位置を探知できなくするデフレクター・ジェネレーター。ユルンは半開きになったハッチからひろい格納庫内をのぞく。床には焼け焦げた穴が穿たれ、近くの搭載艇の外殻はすすけ、遠くには溶けかけた残骸……すべてがそこで戦闘があったことを物語っている。

　見張りのひとりでジュリュという技術者が、ユルンに近づいてきた。やはり戦闘服を身につけ、両手で重コンビ銃を持っている。軍人然としたその姿に、ユルンは賞讃のさえずりをあげた。

「変化はない」と、ジュリュが報告。「一搭載艇に立てこもって、攻撃を試みたら自爆すると脅迫している」

「デフレクターは？」と、ユルン。

「効果なしだ。搭載艇の走査システムは向こうが制御している。ためしてみたが、あぶなくひとりが英雄的な死を遂げるところだった。ただ、シ＝イトは搭載麻痺砲のみで応戦し、致死性の武器は使っていない」

「ふざけているな」と、ユルン。「陰険な青い被造物にとりつかれたにちがいない！」

ジュリュのエレメントが位置を変えた。細長い頸に近づき、戦闘服の上でしっかりと足場を確保しようとする。

「命令は？」と、ジュリュ。

「べつの手をためしてみる」ユルンは大きく息をついたが、不安なのではない。興奮が身内で脈動しているのだ。まるでツュイグリュイリイを飲んだように。戦いになる！命をかけて……英雄的な死を遂げるかもしれず……ああ、なんとすばらしい！

〈急げ！　時間がない！〉頭のなかに声が響いた。

ユルンはなにもいわない。エレメントを慎重に肩からおろし、カバーオールのマグネット留め金を開けると、ブルーの斑点がある胸の上に蟹をかくす。カバーオールを閉じたあと、ジュリュに合図した。

技術者は一歩後退し、ブラスターを最弱・広範囲にセットすると、すばやくユルンの脚を銃撃。ふくらはぎにまで熱がひろがり、ユルンはうめいた。撃たれた部分の服の素材が泡立って溶け、素肌がむきだしになる。その部分の体毛はビームで灰になった。

ためすようにすこし歩いてみる。火傷（やけど）は痛かったが、歩行に支障はなかった。

「死ぬのはだれだ？」

べつの一技術者が進みでた。

「わたしだ」その目はぎらぎらと輝き、ユルンが羨望をおぼえるほどだった。

「よし、はじめよう……行くぞ」

見張りたちが閃光・発煙手榴弾を投げる。煙がたちこめ、耐えられないほどまぶしい光がひらめいた。ユルンは目を閉じたが、閃光がまぶたごしに目をくらませる。かれは突進した。背後で悲鳴があがった。ブラスターの熱線が空気を切り裂く。ユルンの左右の床が沸騰した。かれもブラスターで応戦し、横っ跳びに転がってすばやく立ちあがり、着陸脚の陰に身をかくした。

格納庫の入口にたちこめる煙のなかから十数名のブルー族があらわれ、ブラスターを乱射した。

ユルンは満足そうな声をあげないよう注意しながらあたりを見まわした。百メートルたらず先に、シ＝イトが立てこもっている砲弾形搭載艇が見える。鈍い赤色の防御バリアが艇体をつつみこんでいた。

突然、その搭載艇の外側スピーカーから声が響いた。

「さがれ、頸なしども。さもないと、死のグレイの被造物がおまえたちを連れていくぞ！　さがれといっている！」

ユルンは駆けだした。

熱線が何度もかれの横やうしろをかすめるが、ユルンは身をかわし、破壊された作業ロボットの残骸を掩体（えんたい）にとり、起重機の陰に飛びこんで、徐々にシ＝イトの搭載艇に接近した。息が切れる。そのとき甲高いサイレン音が鳴りひびいた。搭載艇のまわりの空気が震動し、ユルンを追跡していた三名がその場に倒れる。

ショック銃だ！

ユルンは進みつづけた。

後方の目に、英雄的な死を志願したブルー族が追いすがってくるのが見えた。シ＝イトは搭載カメラでその場面を見ているはず。絶好の機会だ。

床に倒れた瞬間、ぎらつく熱線がかれの頭上をかすめた。ユルンはすでに腹這いになっている。からだを反転させ、手にした武器をあげる。

発砲。

追ってきたブルー族が倒れた。

ユルンは勢いよく立ちあがり、搭載艇に向かって走った。赤い防御バリアが近づいてくる。あと四メートル。三メートル。二メートル。バリアに激突する痛みを覚悟したとき、赤い輝きの一部が消えた。

跳躍し、構造亀裂を通過。直後に亀裂は閉じ、追っ手の射撃でバリアが輝いたが、コンビ銃の威力では突破できない。

ユルンは息を切らしながら、全長三十メートルの砲弾形をした滑らかな外殻を眺めた。大気圏内で艇体を安定させるちいさな翼の右側に人員用ハッチがある。それは閉じていた。

ためらいがちに一歩踏みだす。

「とまれ！」シ＝イトの拡大された声がスピーカーから流れ、ユルンはびくっとなった。いわれたとおり、足をとめる。「武器を床に置いて、遠くにやれ。早くしろ」

ブラスターを捨て、蹴りのける。武器は床の上を五、六メートル滑り、内側から防御バリアを通過して、ハネ人には手のとどかない位置でとまった。

〈よし。これで信用するだろう〉カバーオールの内側で胸にしがみついている蟹が、ちいさく身じろぎしてそう伝えてきた。

「それでいい」エレメントの予言を裏づけるかのように、シ＝イトがいった。「きみがだれなのかは知らないが、かつては忠実な部下だと思っていた頸なしどもと違って、とりつかれてはいないようだ。ちょっと待っていろ」

待つあいだにエレメントははげしく痙攣し、分裂を開始した。ハネ人の頭上できしむような音がして、ハッチがスライドして開く。シ＝イトがせまいエアロック内に立っていた。麻痺銃を手にしている。

「何者だ？」艦長が無愛想にたずねた。

「わたしは……恥辱の被造物にかけて、ぜんぶわたしのせいです」ユルンは泣きそうな声でさえずった。「許してください。この艦にカタストロフィを持ちこんで……わたしは……ユルンといいます。ハネ人です。ツュリュトの。怪物にとりつかれ、強制されました。ツュリュトでの戦いを避けてコスモクラートが惑星からいなくなるまで待ち、《トリュリト・ティルル》に忍びこむようにと。そう、わたしが戦争エレメントを艦に持ちこんだんです。陰険な青い被造物の手先にされて。なんてことを！　でも、そのあと、エレメントが勝ち誇ったとき、わたしはつまずいて転んでしまいました。その衝撃でエレメントが気絶したらしく、突然、わたしは自由になっていました。怪物を肩からむしりとり、破壊して、それからずっととりつかれないよう、死なないように逃げつづけて……」

シ＝イトはためらいながらも麻痺銃をさげ、ユルンの皿頭から格納庫の扉に目をうつした。発煙手榴弾の煙はまだたちこめている。追っ手は撤退していた。のこっているのは死体だけだ。

「なるほど」シ＝イトは武器をベルトにおさめた。「エリュファルかギュルガニイだとよかったのだが、味方はひとりでも、いないよりはましだ。だろう？」

「そのとおりです」ユルンは急いで同意した。

〈そろそろだぞ。準備しておけ、ユルン！〉エレメントがささやく。

シ＝イトがエアロック壁面のパネルを操作すると、軽量金属の梯子がハッチの下のふくらんだ部分から伸びだした。

「あがってこい。誤解がないようにいっておく……きみにふくむところはないが、エリュファルなら……そう、もしかれがきみの立場だったら、ムウルトを持ってきていたはずだ」

ユルンは梯子の最下段に足をかけて、

「ムウルト？」と、いらだたしげに問い返した。胸のあたりのエレメントの動きがしずかになる。二体が動いているのが感じられる。シ＝イトのぶんの準備はできた。

「ミミズだ」シ＝イトはなかば背を向け、艇内に見えなくなりかけていた。「この搭載艇内に食糧はひとかけらもない。とりつかれた者たちに殺されなくても、いずれ餓死するだろう。ミミズがあれば数時間は長く生きられるはず……わたしに食べられるよう、それを説得できればだが」

シ＝イトはうつろな笑い声をあげた。

「とはいえ、わたしは知性ある若いブルー族なのだ。わたしよりも知性で上まわるミミズなど、まだこの世に生まれていない……」

ユルンは艦長の意味不明な話を理解しようとも思わなかった。たぶん心理的ストレスで精神が崩壊したのだろう。ハネ人は梯子をのぼり、エアロック内に跳躍すると同時に、カバーオールの下に手を入れた。シ＝イトにとりつかせる蟹を片手で握りしめる。

「シ＝イト！」かれは憎しみの叫びをあげた。

ガタス人が振り返る。かれはユルンが手にしている銀色の蟹を見て目をまるくしたが、麻痺銃に手を伸ばしたときには、すでにユルンがエレメントを皿頭に押しつけていた。

シ＝イトは凍りついた。

蟹は頭の上を這い進み、ガタス人の左肩にしがみついた。ユルンのエレメントがカバーオールの下から出てきて、本来の位置にもどる。

突然、シ＝イトがふたたび動きだした。目のなかの表情が変化し、ユルンはそこに、自分が支配されているのと同じ憎悪を見てとった。

「おお！」と、シ＝イト。「これが理性というものか！　どうしていままで抵抗していたのだ！」

ユルンは皿頭をかたむけ、おだやかに話しかけた。

「艦長、命令を」

シ＝イトは通廊に姿を消し、司令コクピットに行くと、そこでなにかの装置をいじった。搭載艇をつつんでいた防御バリアが消滅。そのあとふたたびユルンのところにもどってくる。

「わがエレメントからの情報によると、艦隊の掌握は完了しているそうだな。ごくろうだった」

「命令にしたがったまでです」

シ＝イトはかれの背中を軽くたたいて押しやり、梯子をおりた。格納庫の出入口からブルー族たちが近づいてくる。かれらは武器をさげていた。《トリュリト・ティルル》をめぐる戦いは終わり……のこる二百二十五隻のガタス艦もまもなく支配下に入る。

「では、司令室に行こう」と、シ＝イト。「冷気エレメントによる損傷はすでに修理できている。艦隊を掌握すれば、こちらの行く手を阻むものはなにもない」

「目的地はどこです？」と、ユルンがたずねる。

「ヴリジン星系だ」シ＝イトは邪悪な声でさえずった。「カルル人の国へ行き、兄弟姉妹を啓蒙する。われわれの主を迎えるために……」

「主ですか？」ユルンはそういったが、すでに理解しはじめていた。

「もちろん」と、シ＝イト。「われらが主、指揮エレメントだ」

5

「腹が減ったな」レジナルド・ブルは賛同をもとめるように周囲を見まわした。「もう何日も、なにも食べていないようだが」

エルンスト・エラートは肩をすくめた。ブルーの顔はヴィールスの結晶でできているが、人間の皮膚と同じように表情豊かだ。そこに笑みを浮かべて、

「さいわい、わたしはそうした日常的な欲求からは解放されています」

「ふふん」ブルがうめく。「知ってるさ。空気と愛を養分にしているんだろう？」

「光ですよ。正確にいうなら、恒星エネルギーです。赤色光がとりわけ美味ですが、酸味が強いのをがまんすれば紫外線でもそれなりに……」

「ブルーはどうだ？」と、ブル。

「ブルーの光は酔っぱらいたいときだけですね」

ブルはなんともいえない顔でメタモルファーを見つめた。

「ふむ、なるほど」ほかに気のきいたコメントもせず、かれはヴィシュナに向きなおっ

た。「あなたの意見は？」

女コスモクラートはシートの背にもたれた。タウレクはまだ鞍に似たシートにすわり、操縦ピラミッドに向かって、リニア空間を進む炎の標識灯を追跡している。炎はこの数時間で数光年を翔破していた。銀河イーストサイドでも比較的星がすくないこのあたりなら、次の恒星に出くわすまでに、まだしばらく時間はあるだろう。

コースが変わらなければだが、と、ブルは不安そうに思った。あるいは、速度が変化しなければ。

「どうなんだ？」と、ブル。

「わたしの代謝は人間の考える食物に依存していないわ」ヴィシュナが答えた。「嗜好品を楽しむことはあるけれど……人類や、そのほかの種族の」

「そうなのか？　そりゃうれしいね」ブルが皮肉に応じる。「どんな嗜好品が好みなんだ？」

ヴィシュナはすこし考えた。「プリデュフュかしら」

「プリュ……なんだって？」

「プリデュフュ」と、明確に発音する。「ラトス人の珍味で、年に一度の卵保管祭りのときにしか出てこない」

「知らないな」と、ブル。「ブルー族の食べ物は、かならずしも人類に適さないから」

「プリデュフュはだいじょうぶ。動物性蛋白質と有機触媒を含有していて、人間の代謝に害はないし、すべて排泄されるから」

ブルは納得しなかった。

「害がないかどうかってだけの問題じゃない。ブルー族の食習慣には、前に最悪の経験をさせられているんだ。かれらといっしょに食事をするのは楽なことじゃない。たとえば、グヌルガの果実だ。知っているか？」

ヴィシュナは首を横に振った。

「とんでもない代物だ」ブルは身震いした。「調理され、ボウルに入れられて出てきた。見た目はグリーンとむらさきの縞があるニンジンだが、ちいさな手足のような突起がある。調理によって解放された化学エネルギーが、運動エネルギーに変化するんだ。ものすごい勢いでボウルから這いでてきて、捕まえるひまもなくどこかに消えてしまう。恐ろしい経験だった。まちがいなく、昔のブルー族はよほど飢えていたんだろう。そのプリュなんとかがグヌルガみたいなものだったら……」

「心配いらない」ヴィシュナは片手を振った。「プリデュフュはそんなものじゃないから。ためしてみる？」

「うむ……」ブルは疑わしげにかぶりを振った。「ふつうのステーキにハーブ・バターとフライドポテトと地球の野菜を添えたもののほうがいいのはたしかだが、異種族理解のために必要ならば……やぶさかではない」

エラートがかれに顔をよせてささやいた。

「判断を間違わないほうがいい。あなたの気分を壊したくはありませんが、ツュリュトをスタートして以来、ヴィシュナはいたずらをしかけてきています。なにかたくらんでいるのは確実ですよ」

「だったら、よく見張っていてくれ」ブルはささやき返した。

「そうします」

ヴィシュナはそのあいだに、《シゼル》の搭載脳と通信するときのタウレクと同じように、トランス状態に入っている。ブルはいつものように思った。コスモクラートの宇宙船の技術的な仕組みをもっとよく知ることができたら、どんなにいいだろう。絶対移動ひとつとっても、ＬＦＴや宇宙ハンザやＧＡＶÖＫ所属種族のどんな技術より数千年は先に進んでいる。

プラットフォームの床からテーブルが出現した。象牙色の円柱の上にオニキスを思わせる材質の、艶消しのまるい天板が載っている。その中央に開口部が生じ、ブルーの陶器でできたスープ用の鉢が浮上してきた。蓋がしてあるので中身は見えない。鉢はもうひとつあり、それぞれブルとヴィシュナの前に着地した。開口部が閉じる。

「スプーンはないのか？」ブルがいらだたしげにたずねた。「フォークやナイフは？」

「すぐにくるわ」と、ヴィシュナ。

「ほう！」エラートが声をあげて、ブルのうしろを見る。ブルは振り返った。《シゼル》の奥に通じるハッチから、鳥型のマシン二体が飛んできたのだ。鉤爪でちいさな箆のようなものをつかんでいる。鳥はしわがれた声で鳴きながらテーブルを何度か周回し、箆をテーブルに置いてもどっていった。

ブルは銀色の箆を手にとって、疑わしげにあらゆる方向からためつすがめつした。長さは五十センチメートルほど、ゆるやかにカーブしていて、先端はわずかにアーチ状になり、一方のはしにはマウスピースのようなものがついている。

「こうするの」ヴィシュナはマウスピースを下唇の下に押しあてた。

ブルもそれにならう。箆はかすかに温かく、押しあてると唇にぴったり吸いついた。

「スプーンでもフォークでもない、こんな妙なものを見るのははじめてだ」ブルが暗い声でいった。「次はどうする？」

「蓋を開けて、反対側のはしを鉢に突っこむのよ」ヴィシュナの目にはからかうような光があった。「あとはぜんぶプリデュフュがやってくれる」

ブルは二本の指で蓋の中央の輪をつまみ、持ちあげた。ほっとしてため息をつく。虫かなにかブルー族の奇妙な珍味が入っているのではないかと思っていたが、中身は濃い色のスープに浮かんだうまそうな肉の塊りだった。肉塊はジャイロスコープを思わせる。

ヴィシュナにいわれたとおり、かれは篚の反対側を鉢のなかに突っこんだ。

なにも起きない。

「おい……」ブルがいいかけたとき、エラートの奇妙な声がかれを黙らせた。

「すべての星々にかけて、動いている！」メタモルファーが信じられないという口調で叫んだ。

ブルは目をむき、うめき声をあげた。エラートのいうとおりだ。肉塊が動いている。褐色の焦げ色がついた偽足を伸ばし、泳ぐような動きで、篚に向かってソースのなかを移動してくる。

「なんてことだ！」と、ブル。

頭をのけぞらせて篚から下唇をはずそうとしたが、できなかった。篚はどうやってか鉢に固定され、唇をはなすこともできない。

ふたたびうめき声をあげる。

「ヴィシュナ、わたしは……！」

「おちついて」と、女コスモクラート。彼女の鉢のなかでも肉塊が動きだしていた。

ブルは麻痺したように鉢のなかを見つめた。最初の肉塊が篚にたどりつき、偽足で斜面をのぼって、驚きと恐怖で大きく開いたブルの口に近づいていく。銀の篚に色の濃いソースがシュプールをつけた。

エラートが笑いだした。

「助けてくれ！」ブルは息を詰まらせた。

「パニックにならないで、でぶ」ヴィシュナがささやく。「黙っていれば、勝手に口のなかに入ってくるわ。待っていればわかる。おいしいから」

最初の肉塊がブルの口に到達。さらに次々と後続がのぼってきている。香辛料の香りが鼻をくすぐり、口のなかに唾が湧いた。最初の一個が口のなかに入ってくる。

ブルは口を閉じた。

肉塊を嚙みしめる。

顔つきがうっとりしたものに変わる。

「ああ！　ふむ、これは……信じられない！　天国のようだ……この味わい……おお！」

ふたつめが口に入り、それ以上の言葉は出なくなった。

「ヴィシュナ！」タウレクの鋭い声が響いた。「ブル！　エラート！」

ブルは肉塊をのみこみ、悪態をついた。

「食事のじゃまをするのはだれだ？」

「炎の標識灯が横にずれはじめた」タウレクは鞍にまたがり、猛獣のような黄色い目で三人を見つめた。禁欲的な表情からは、なにを考えているのか読みとれない。「きみたちが暴食しているあいだに、事態はさらに悪化している」

ブルとエラートは目を見かわした。目のすみで、すでに料理もテーブルもプラットフォームの床に消えていることに気づく。

「わたしの推計では、炎はさらに三つの恒星を宇宙嚢に保管したはず。どれも炎のコースの側方五光年以内にある恒星だ。このことから、無限アルマダのための先導航路の幅は十光年と考えられる」

十光年！

ブルはごくりと唾をのみ、口のはしについた肉の線維をぬぐった。

プリイルト星系は、炎が接触してもn次元空間の繭に閉じこめられなかったが……たぶん、残留している平和オーラをローダンと無限アルマダが方位ポイントとして利用するためだろう……フェルト星系からは一万八千四百光年の距離にある。つまり、直径十光年、長さ一万八千四百光年のホースが形成されたことになるわけだ。いったいどれだけの数の恒星や星系が通常の時空連続体から消えるのか？

「数万か、数十万か」ブルがつぶやく。

炎の標識灯はどれほどのエネルギーを使えるのだろうか、と、ブルは思った。ゴルゲンゴルの物質を変換したエネルギーでその巨大な任務を完遂するのか、それともべつの連続体からエネルギーを得ているのか？　途中で〝補給〟するのだろうか？

　タウレクにたずねるのはやめておいた。たぶんコスモクラートは、例によって明快には答えない……あるいは、答えられないだろう。

「それで、どうするんだ？」と、ブル。

「炎の標識灯はいま現在、一白色矮星を保管しようとしている」タウレクはおちついていた。「その近傍になにかのエコーを感知した。たぶんブルー族の宇宙船だろう。われわれは保管プロセスを記録して、炎がヴリジン星系に到達するまで同行する。以後は、宇宙襞が宇宙航行文明の存在する星系にどう影響するのか、内側から観察するつもりだ」

　エラートは顔をしかめた。

「保管場所の宇宙と通常宇宙がつながっていないと判明したら、どうなる？」

「われわれ、罠に落ちたことになるな」と、ブル。

「そんなことはない」タウレクが答えた。「いまのところ、ゴルゲンゴルの早期起爆にもかかわらず、すべては予定どおり進行している。だから炎はプログラミングどおり、保管宇宙と通常宇宙のあいだの連絡が必要なら、一種の構造通廊を構築するはず。最悪の場合でも、《シゼル》なら宇宙襞から出ることができる」

「安心できる話だな」

　ブルはため息をついた。行動できないことが神経にこたえているのだ。いまＬＦＴかハンザの高速船に移乗するためなら、なんだってさしだすのだが。

ツュリュトでの《アイアン・メイデン》の擱座が悔やまれる。アセンギルド・チェーンと大声で吠えるペットは最高の仲間とはいえなかったが、この秘密だらけのコスモクラートよりはずっとましだ……

自分が無力に感じられた。ここで炎がヴリジン星系に到達するのを待ち、ブルー族がおとなしくしているように願うことしかできないとは。

突然、あたりが暗くなった。星々が消え、次の瞬間、べつの配置になってふたたび輝きはじめる。タウレクが絶対移動を使ったのだ。測定不能な短時間のあいだに、《シゼル》は数十光年を移動していた。

ブルはむだと知りながら、宇宙の闇のなかにほかの星々よりも明るく大きい光を探した。だが、白色矮星は遠すぎるか光が弱すぎて、銀河イーストサイドの星の海にまぎれてしまっていた。

操縦ピラミッドの上にホログラムが出現。

その中心で白色矮星が、曇った冬の夜のランプのように輝いていた。データ画面によれば、十光年はなれている。そこには……年老いて疲れきってすっかり縮んでしまった恒星にくらべるとはるかに大きく……炎の標識灯が輝いていた。

炎はすこし前にリニア空間を出て、その光は《シゼル》の現在ポジションにとどいたばかりだ。

　だれもなにもいわなかった。

　全員がホログラムに注目し、ブルはその現象をすでに知っているにもかかわらず、n次元の閃光がブルーの炎のなかで燃えあがると、ちいさくたじろいだ。閃光は蜘蛛の巣のように宇宙の闇の上にひろがり、空間組成が崩壊して、宇宙の構造にひびが入る。ヴァイオレットの電光が時空の裂け目からあふれる白い光と入りまじり、白色矮星をつつみこんで巨大な球をつくった。

　その球がいきなり消滅。

　白色矮星があった場所には、いまや虚無が口を開いているだけだった。

　ホログラム映像が変化する。

　炎の標識灯はわずかな一部が見えるだけだ。ブルーの巨大エネルギーの塊りにくらべればあまりにもちいさな円盤形の物体が四つ、炎に接近していく。それらは方向を変え、徐々に大きくなりながら、ホログラム映像の中心に向かった。

　ブルにはそれがなんなのかわかっていた。《シゼル》に接近してくるブルー族の宇宙船だ。

「無線通信で呼びかけてきている」全周をとりかこむ宇宙と無数の星明かりのせいでますます圧倒的に感じられる沈黙のなか、タウレクがいった。

「応答すべきだろう」と、ブル。「ブルー族とはわたしが話そう。こちらのことはわかっているかもしれない。《アイアン・メイデン》のチェーン艦長がハイパー通信でテラに報告して、ティフラー経由でブルー族にも情報が入っているはず」

タウレクは肩をすくめた。

「わかった。だが、時間がないことを忘れないでもらいたい。炎はもうリニア空間にもどりはじめている」

「忠告をどうも」ブルが冷たく応じる。「だが、二千年にわたる経験から、こういう状況でどう行動すればいいかはわかっている」

「どうしてあんなにぴりぴりしているの？」ヴィシュナがエラートに向かってたずねた。

メタモルファーはヴィールスでできたブルーの顔をなでた。

「行動できないストレスだな。空腹なだけかもしれないが」

ブルは悪態をつき、体勢にフィットするシートから立ちあがると、淡褐色の滑らかなプラットフォームの床の上をタウレクに近づいた。

ホログラム映像がまたしても変化する。

一ブルー族の皿頭が表示された。頭の上部にはグレイと赤の斑点がある。

ガタス人ではないな、とブルは思った。この宙域に住むブルー族の一種族だろう。ヴリジン星系のカルル人かもしれない。

ブルは咳ばらいした。

「わたしはレジナルド・ブル、ハンザ・スポークスマンだ。《シゼル》に搭乗している。挨拶を送る、艦長」

かれは相手の不安、恐怖、あるいはヒステリーといった反応を予測していたが、実際はまったく違っていた。

「すべてに湿り気を。平和の金色の被造物があなたとともにありますように」艦長がいった。「冷たく荒涼とした宇宙で、ブルー族世界への友愛が伝説となっている人物に出会えるとは、なんというよろこびでしょう！　失礼ながら自己紹介を……《テレトリ》艦長のグレェエスです。故郷惑星はヴリジン星系のカルルジョン、カルル星間帝国の中心世界です。こちらの貧相な艦においでいただき、軽い食事でもいかがでしょう？」

「連れがいるので……」ブルは困惑して説明しようとした。

「ご友人がたも歓迎します！」と、グレェエス。「宴を開いて、テーブルがたわむほどのごちそうを用意しましょう！　真水が川のように流れ、だれもが腹いっぱいになるまで飲み食いできます。ここだけの話……」グレェエスはわずかに身を乗りだし、皿頭がホログラムの境界からはみだしそうになった。「カルルジョンをスタートする前にグヌルガの果実をたっぷり積みこんでいまして。いっしょに食することができたら、きっとすばらしいでしょう」

「逃げられてしまわなければな」と、ブル。「申しわけないが、いまは時間がないのだ、グレェエス艦長。炎の標識灯を追跡していて……」

「あの美しい宇宙の炎のことですか」カルル人は皿頭を振った。「ああ……なるほど。あの星喰らいの進行を監視し、ガタスに救援をもとめるのがわれわれの任務だったのです。しかしながら……」ブルー族は甲高い声で笑った。「どうやら危険はないとわかりました。平和が訪れ、われわれ、すばらしく湿った気分になっています」

「平和オーラだ」タウレクがうなずき、つぶやいた。ブルの姿を《テレトリ》に送信しているカメラの範囲外にいる。

「きみたちはヴリジン星系にもどって、ここで知ったことを伝えたほうがいいようだな」と、ブル。

グレェエスは興奮して腕を振りまわした。

「すばらしいアイデアです。それなら水師もおちつきをとりもどし、目を空からふたたびポンプ場に向けるでしょう。忠実な政府の義務である、カルルジョンの高地の灌漑のために。そしてわれわれはグヌルガを堪能できる。なんという人生！　平和の金色の被造物にかけて……われわれ、祝福されていますな！」

「もちろんだ」ブルはうなずき、急いでつけくわえた。「きっとヴリジン星系でまた会えるだろう、グレェエス艦長。それまで元気で……食事を楽しんでくれ」

ブルー族の返答はとどかなかった。タウレクが接続を切ったから。

ブルはかぶりを振った。

「以前のブルー族とは別物だな。わたしの知るかぎり、カルル人はほかの部族よりも、戦争好きだった祖先の気質をよくのこしていたはず。それなのにグレェエスは……」

「本来の性格が攻撃的で戦闘的であるほど、平和オーラの効果がはっきりとわかるのだ」タウレクがいった。「ブル、きみはメンタル安定人間だから、感じられないのかも……」

「わたしが攻撃的だといいたいのか？」

「あなたが平和的な人間だというのは、過小評価がすぎるでしょうね」ヴィシュナが背後からいう。

ブルはヴィシュナからタウレクに視線をうつし、

「なにがいいたい？」と、疑わしげにたずねる。

ヴィシュナは両腕をひろげた。

「わからないわ」

ブルはむっつりと考えた。コスモクラートの返事はいつもこれだ。

「一時間後に再スタートする」タウレクがいった。「炎の標識灯は先導航路の側方四・五光年の星系に向かっている。《シゼル》の測定によると、そこにはカルル人の基地があるようだ。十数隻の宇宙船が駐留している」かれは曖昧な笑みを浮かべた。「旧式のエンジンなので、アンドロメダ星雲からでも放射の探知が可能だ」

「どうしてまっすぐヴリジン星系に向かわないんだ？」エラートが口をはさんだ。

「カルル人の基地があるので、居住者のいる星系を炎の標識灯がどうあつかうかの指標になると考えている。炎が保管宇宙と通常宇宙のあいだの橋わたしをできるかどうかもはっきりするだろう。そういうことは、ヴリジン星系に行く前にわかっていたほうが有益なはず。平和オーラの有効範囲は限定的だから、オーラがとどく前にカルルジョンでパニックが起きるかもしれない。そういう事態は避けたい」

ブルはすこし考えて、同意した。

「わかった、そのほうがいいだろう。宇宙嚢に保管されたあとも外の世界と連絡がつくなら、カルル人も納得しやすくなる。すくなくとも、わたしはそのほうが納得しやすい」

「いつからそんなにひかえめになったの、ブル？」かれはヴィシュナの黒い目に見つめられ、そこにまたしても嘲笑だけではない、べつの感情を見てとった……好意を。

そりゃそうだろう、と、自己満足ぎみに考える。わたしのような男が、物質の泉の彼岸にいるとは思えない。

「ひかえめになった？」ブルはそっと彼女の手をとった。「それはたぶん、あなたがそばにいて、わたしの望むすべてをあたえてくれるからだろう……」
「たとえばプリデュフュとか」エラートが無愛想に口をはさんだ。

6

〈ことは成就した〉人工の蟹がシ＝イトの心にささやいた。〈艦隊は征服され、ブルー族の乗員すべてが兵士となった。ただちに行軍開始だ。これまでのことはすべて予行演習にすぎない。あの星系でこそ、戦争が戦争として生まれる。戦争の種は《トリュリト・ティルル》で蒔かれ、艦隊の全艦に移植され、芽を出して、収穫の時を迎えた。立っている者は倒れる。生きている者は死ぬ。光は消える。戦争は中途半端なことはしない、シ＝イト。多くをもとめ、もとめたものを得る。進むべき道を戦争に教えるのは〝夢見者〟だ。夢見者が、この銀河にかつてなかった大戦へと導く。夢見者が……〉

「黙れ」シ＝イトが腹だたしげにうなる。憎悪で手が震えていた。「十億の舌を持つ噂話の被造物にかけて、じゃまだ。まだ着いておらず、リニア飛行は終わっていない。リニア空間にいるあいだ、わたしには自由にふるまう権利がある……」

戦争エレメントはかれの肩の上で一瞬、黙りこんだ。

困惑しているらしい。シ＝イトはその感情の波動を感じたが、気にしなかった。蟹はしょせん蟹、知性があろうとなかろうと、わずらわしい生き物だ。ミミズなら話は違ったのだが。ミミズは……だが、かれは最後まで考えることができなかった。エレメントがふたたび語りかけてきたのだ。

〈戦争をなりわいとする者は、英雄的な死を遂げるまで献身しなくてはならない、シ＝イト。さもないと、恥ずべきことに、生涯をまっとうする結果になる。戦争のしもべとなることは、より大きな……〉

シ＝イトは憤然とエレメントをたたいた。

「ご託はもういい。戦争のしもべになるのがいやだといってるんじゃない……正反対だ。この使命感と、突然に訪れた理性は気にいっている。腹蔵なくいうと、あらゆる被造物に見捨てられた宇宙のどこかで英雄的な死を遂げるのが待ち遠しくてしかたがない。ホルンシュレッケとシュレックヴルムが〝おやすみなさい〟をいうような荒れはてた地で、栄誉の最期を迎えられたら最高だ。消滅しかけた白色矮星に悲劇的な突入を試みれば、そこで死ぬ最初のひとりになれるかもしれない」

甲高い口笛音を出す。

「だが、だからといって、リニア飛行が終わる前の食事をじゃまする権利を認めるわけではない。結局、戦闘力を維持するためにも食事は必要なのだから」

しばらく待ったが、戦争エレメントは黙ったままだ。頭の奥のほうでとまどったようなつぶやきが聞こえた気もしたが、べつにどうということもなかった。シ＝イトがおぼえているかぎりでは、そんな騒ぎ声はいつも頭の奥にあり、いままでずっとうまくつきあってきている。

そうだ、と、かれは思った。問題は騒ぎ声ではなく、ミミズだ。

ムウルト・ミミズが目の前のコンピュータ端末のコンソール上に置かれている。ディスプレイやランプのさまざまな光に照らされて、前よりも食欲をそそるようだ。シ＝イトは戦争エレメントにとりつかれた直後……あらがえない衝動にしたがって……司令室に行き、ガルファニイの報告で食事が中断されたときのアルコーヴでミミズを探した。だが、見つからない。その洞察力により、ミミズを盗んだ犯人はエリュファル、ユティフィ、ギュルガニイのだれかだとわかった。エレメントの助けと、新旧の艦長としての権威により、エリュファルの犯行だったことを突きとめ、かれはミミズをとりもどしたのである。

エリュファルがまだミミズを食べてしまわなかったのは、ひとえに戦争エレメントがちょうどいいタイミングで《トリュリト・ティルル》の征服を命じたからだった。

シ＝イトはエレメントのパラメカ性意識による暗示放射のせいというより、エレメント自体に操られて行動していた。そしていま、ムウルト・ミミズが目の前のコンソール上にある。唾があふれて、シ＝イトの喉を流れ落ちた。

にやりと笑みを浮かべる。

「いよいよおしまいのようだな、ミミズ。死のグレイの被造物にかけて、事態は変化した。戦争エレメントはツュリュトでは勝利できなかったが、いまここでわれわれを戦争と、すばらしい英雄的な死に導いている。倫理や良心や慈悲といった語は、もはやわたしの辞書には存在しない。銀河系全体が燃えあがるというとき、どうしてわたしがおまえを助けるはずがある?」

〈死はだれにでも訪れる〉頭のなかで声なき声がいった。〈だれも逃れられない。生命がかならずはたす唯一の約束だ〉

「そのとおり」と、シ=イト。「死はだれにでも訪れる。ミミズにも。だからわたしはおまえを食べる」

かれはまたしてもにやりと笑い、動きのひとつひとつを楽しみながら、レーザー・ナイフと八又フォークをつかみ、皿の上に身を乗りだした。ナイフとフォークでゆっくりとミミズを切り分け、舌に乗せて味わい、ため息とともに嚥下するのだ。ひと握りの者しか知らない贅沢な食材を口にするのはこれが最初で、たぶん最後だろう。

ムウルトを!

「ま、あわてないで」ミミズがいった。尾部を下にして、六センチメートルのからだを直立させている。「なんの裏づけもないのに、明確に定義できない一状況下にあるわたしに……たぶんですが……たとえわずかであれ、どこにもまったく毒がふくまれていないだろうというたんなる推測を前提として行動するのは、いささか無責任な軽挙妄動だと念慮します」

シ＝イトは途中で動きをとめた。ミミズの複雑ないいぐさを聞きとり、解釈して理解するのに、すこし時間がかかった。そのあと、またしてもにやりと笑って、ばかにするようにいう。

「毒があるという根拠はおまえの言葉だけだ。ミミズの言葉になんの価値がある？」

「それでも、わたしの言葉は真実です」ミミズはふたたび腹這いになり、からだをまるめた。「毒がないという確証はないはず。あなたはいままでムウルトを見たことがないのですから。ムウルトのことなどなにも知らず、ただ、明白な目的のためにひろめられた嘘を聞いているだけです」

「なにがいいたい？」シ＝イトが疑わしげにたずねる。

「ムウルトを食べたことがあると吹聴する者がすくなすぎると思いませんか？　理由はかんたん……食べた者はすべて死んでしまったのです。ムウルトの毒に当たって」

「嘘をつくな！」シ＝イトは叫んで、怒りのあまりナイフとフォークを投げだした。憎悪に駆られてミミズを素手でつかみ、まるのみにしたい気分だったが、それは行儀の悪い行動だし、計算不能なリスクもある。

ムウルトのいいぶんにも一理あった。

そこに一片の真実もふくまれていないことを確認しなくてはならない。もしミミズが嘘をついていて、その美味について聞いていた話がほんとうだったら……シ＝イトは頚のすぐ上にあるかたい唇を舐めた。

「食事は延期だ。話をしよう」

「それがいいでしょう」と、ミミズ。「話しているあいだは食べられないから」

シ＝イトは陰険な被造物、邪悪な被造物、残虐な被造物、卵泥棒の被造物に瀆神的に呼びかけると、クリームソースの入った缶をとりだして、指先でムウルトをつまみあげ、そのなかにほうりこんだ。ソースがはねるのもかまわず、マグネット式の蓋を閉める。

その瞬間、警報が鳴りだした。

シ＝イトは跳びあがった。

「リニア飛行が完了しました、艦長」航法士のギュルガニイが報告する。その声は押し殺したようにかすれ、彼女だけでなく二百二十五隻の乗員である全ブルー族に共通する憎悪が感じられた。「ヴリジン星系までの距離は八十光分です」

シ＝イトはまた悪態をつき、腰をおろして、ディスプレイとデータ画面に注意を集中した。

恒星ヴリジンは赤みを帯びた黄色恒星で、シ＝イトの故郷惑星ガタスの主星であるフェルトにくらべると矮小だが、それでもソルの倍の大きさがある。それが輝くオレンジのように、メイン・スクリーンの中心にうつっていた。コンピュータがシミュレーションで十八個の惑星の軌道を表示する。遠い惑星は氷の世界かガス巨星で、主星に近いのは焼けた岩の塊りだ。

唯一、第四惑星カルルジョンだけが、主星から二億五千二百万キロメートルのせまい生存可能圏に位置し、そこではブルー族かテラナー・タイプの有機体だけが生命を維持できる。

スタッカートのような超音波の信号音が、未知飛行物体を探知したことを知らせてきた。カルルジョンの周回軌道上に大型宇宙ステーションが六つ存在している……軌道周回宇宙港、恒星エネルギー収集施設、防衛ステーション、宇宙基地などだ。星系外縁部には数十隻の円盤艦が駐留している。《トリュリト・ティルル》級の大型艦もあった。直径千メートル、厚みは最大で四百三十メートルに達している。

シ＝イトの艦隊はリニア空間からヴリジン星系の外縁遠くに出現し、最外惑星軌道を光速の九十パーセント近い速度で通過した。

エンジンが制動推力をかける。防音壁があるというのに、赤道環のインパルス・エンジン三十六基が発する音の振動が司令室にまで伝わってきた。アブソーバーが圧力を吸収し、数分後、エンジン出力が低下して音もちいさくなった。

シ＝イトは満足し、ほかの艦が展開して《トリュリト・ティルル》を先頭に矢形陣形をとるのを見つめた。

「走査結果、ポジティヴ」ガルファニイがさえずり声で報告する。「六隻からべつべつに探知されています」

シ＝イトはエリュファルを見た。

「まだ通信はありません」首席通信士が口もとのマイクロフォンごしにいう。作戦の重要な節目を前に、かれもほかの乗員と同じく戦闘服を着用していた。ヘルメットは後方にたたまれ、そのふくらんだ部分に戦争エレメントがしがみついている。銀色のからだがパネル照明の光を受けて輝いていた。

「まだだ」と、シ＝イト。「星系内の通信を分析し、結果をこっちにまわせ」

「速度は光速の五十パーセントで、減速中です」ギュルガニイが報告する。

「探知！」ふたたびガルファニイの声が響いた。「十隻が9＝レッド＝デルタ宙域から接近中。のこりの艦船の位置はブルーとイエローのままです。カルルジョンのステーション群でエネルギー活動が上昇中」

《トリュリト・ティルル》のインパルス・エンジンはなおも制動推力をかけつづけている。艦隊の機動はコンピュータがシンクロさせていた。

「9＝レッド＝デルタの各艦が加速しました。八・三分後に戦闘距離に到達します」シ

＝イトの右側にある司令スタンドについていた副長が計器から顔をあげた。猫のような目がきらめいている。「迎撃しますか？」

「絶対にだめだ、ガルファニイ！」シ＝イトがさえずる。「ここまできたのは宇宙戦のためではない。星系を制圧するためだ」

「両立できることだと思いますが」シ＝イトの耳もとの受信機からべつの声が響いた。すぐにユルリイの声だとわかる。砲手の彼女は戦闘意欲を制御できなくなりかけていた。

「片舷斉射させてください、シ＝イト！　一度だけでいいから。それでカルル人の艦はすべて残骸になります。宇宙戦のない戦争なんて、まるで……まるで……」ユルリイはふさわしい比喩を探した。

「篦のないプリデュフュのようね」ガルファニイが手助けした。

「砲撃はなしだ」シ＝イトが強く念を押す。「まだ早い。熱線砲の出力段階でも調整していろ。そうすれば疑念を呼び起こさないだろう」

「不公平です」砲手は文句をいった。「わたしはなんのためにいるんです？　発射ボタンを磨くためですか？　制御パネルを掃除するため？　血が見たいんです！　燃えあがる艦が、爆発する惑星が、核融合爆弾の火球が……」

「黙れ！」と、シ＝イト。

〈理解はできる〉エレメントの声がささやいた。〈戦争の本質を知った者は、血への渇望を満たそうとする。熱意を発揮する時期を誤ったからといって、叱責してはならない。かれらは兵士なのだ。兵士の生きる目的はひとえに、戦い、敵が死ぬのを見て、戦場のにおいを感じるため……〉

「死に関することは判断できない」シ＝イトは考えながらいった。「だが、戦場のにおいの話はまったくそのとおりだ。はじめて参加した戦闘のことを思いだす……」かれは時間の奥を見通すような遠い目になった。「当時わたしはまだ若く、パトロール巡洋艦に配属されていた。《イリュイト》といい、艦長はシュ＝ニュリイ、〝無慈悲のシュ〟と呼ばれた男だった。われわれは第五無法宙域をパトロールしていた。違法なグヌルガ取引が横行していたから。その航行中、無慈悲のシュが密輸業者と裏でつながっていて、陰険な青い被造物にすべてをゆだねたことが明らかになった。信じられないが、誇り高い《イリュイト》を使ってグヌルガを密輸していたということ！　艦内の共犯者たちはひそかに搭載艇のキャビンに冷凍装置を設置していた。すべての搭載艇に、冷凍したグヌルガの果実を満載していたのだ！

かんたんにいえば、その後まともな乗員たちが事態を収拾した。だが、シュと共犯者たちが逮捕される前に冷凍装置を切ったため、格納庫内の温度は溶けたグヌルガが焼きあがるほどになっていた。この熱で化学反応が促進され、運動エネルギーが高まって、無数のグヌルガが艦内を移動することになった。

必死の戦闘に、グヌルガの香り……考えただけで唾があふれる……」

「通信の分析結果です、艦長！」エリュファルの声がかれを現実に引きもどした。

シ＝イトはまばたきし、画面上に流れるデータを眺めた。

ヴリジン星系では……予想どおり……炎の標識灯に気づいていた。斥候からの報告で、炎が恒星を星系ごと通常の時空連続体から消滅させることが判明。カルル人側の計算では、貪欲な純粋エネルギー存在がまもなくカルルジョンに到達するとされていた。カルル人がヒステリックに反応したのも無理はない。

シ＝イトは憎悪に満ちた笑い声をあげ、その響きを楽しんだ。

戦争エレメントによれば、炎の標識灯は星系を一時的に宇宙襞に退避させるだけだが、当然、カルル人はそうとは知らない。死の脅威と感じているだろう。シ＝イトはその恐怖に乗じる計画をたてた。

さらによかったのは、タウレクとヴィシュナ、テラナーのレジナルド・ブルとエルンスト・エラートを乗せたコスモクラートのパイプ船が、まだヴリジン星系にあらわれていないことだった。この点もエレメントのいうとおりだ。敵は炎の標識灯を追跡しており、カルルジョンに到着するのは炎が星系全体を保管しはじめてからになる。

そのときはもう手遅れだ。

〈そして、夢見者がここにやってくる〉と、頭のなかに声が響く。〈すべてを導く、戦

争の友である夢見者が。われらの指揮官、われらの英雄。あらゆる戦闘を指揮し、あらゆる敵を打ち破る者……〉

シ＝イトは陰鬱な顔になった。

「この宇宙には複数の英雄が存在する余地がある。英雄となる素質を持った者も知っている。たとえば、わたしだ」

「誰何(すいか)されています」エリュファルの大声が響き、シ＝イトは苦痛の声とともにイヤフォンの音量を絞った。「《リョドョグリョ》のツェセリョ艦長からです。反転し、所属を明らかにするよう要請されています。どう答えましょうか？」

「片舷斉射で応じるのがいいと思います」と、砲手のユルリイ。

「通常のＩＤコードを返して、そのツォサラ艦長と映像通話をつなげ」

「ツェセリョです」

「なんだって？」

「向こうの艦長はツォサラではなく、ツェセリョです」エリュファルが指摘する。

「きみの伝え方が悪い」シ＝イトがむっとしていう。「いずれにせよ、命令は同じだ」

かれはちいさく笑いながら、カルル艦が速度を落とし、ガタス艦隊から一光分の距離で、横にひろがった要撃陣形をとるのを眺めた。ブルーとイエローの位置にいた艦も急いで接近してくる。

た。

「敵艦隊の総戦力が知りたい」かれは戦闘服の口もとのマイクロフォンに向かっていっ

探知担当の一ブルー族がただちに答える。

「惑星間空間に合計百十二隻の艦船が存在します。うち八隻がＳ＝７４／Ｉ型、あとはすべて《トリュリト・ティルル》よりも小型です」

「わかった」と、シ＝イト。

予想どおりだった。カルル人の星間帝国はちいさく、版図は十数個の惑星だ。百隻強の艦船のうち、半数は輸送船や偵察機だろう。期待した軍事的衝突からはほど遠いが、これなら苦労なく勝てるはず。

シ＝イトの横に影があらわれた。皿頭をかたむけると、ユルンと目が合う。ハネ人はブルーの斑点がある両手をこすりあわせた。

「もうすぐです」ハネ人の声には明らかな悪意があった。「カルル人は蒸留したプリデュフュのように純粋で、なんの疑いも持っていません。かれらは戦争で給料を得ることとなり、血の代償を支払って、甘く慈悲深い死の懐に……」

シ＝イトは細い頸を揉んだ。

「興味深い問題だ。戦争エレメントはこれまで、われわれの給料のことはなにもいっていない。欲をかくつもりはないし、英雄的な死という名誉もありがたいが、死ぬのならすくなくとも数ギャラクスはもらわないと……」

〈戦争が兵士に支払う対価は、あらゆる通貨のなかで唯一、永遠の安定性を持ったもの〉シ＝イトのエレメントが辛抱強い口調でささやいた。〈それは死だ。甘やかな死。戦場で勇者にあたえられる報酬……〉

シ＝イトは興奮してコンソールにこぶしをたたきつけた。

「それはただの言葉だ。報酬の現物をこの目で見られるわけではない。ほんとうにそうなら、われわれ、いまごろ金持ちになっている！　裕福な黄金の被造物にかけて！」

「通信です、艦長。ツェセリョ艦長が待っています」と、エリュファル。

シ＝イトの戦争エレメントは無言で起きあがり、肩から這いおりて、シートの背にしがみついた。

「いいぞ」と、シ＝イト。

一モニターの画面が揺らいだ。それまで表示されていたヴリジン星系のシミュレーション映像が、グレイがかったブルーの体毛におおわれた、頭部にピンクの模様がある一ブルー族の上半身に変わる。カルル人は疑わしげにシ＝イトを見つめて、

「すべてに湿り気を」と、平板な声で挨拶した。

「ここはすべてが乾いているが」シ＝イトはいらだたしげにそう答えてから、思いだした。カルルジョンは極度に乾燥した惑星で、カルル人にとっては、水や湿気といったも

のがなかば宗教的なほど重要なものとなっているのだ。いいわけがましく急いでつけくわえる。「それでも、あなたの上に雨を。わたしはシ＝イト、ガタスの第二十二星間監視艦隊の旗艦艦長であり、ブロック監視者の指示でここにきている。ガタス政府は敬意に満ちた挨拶をカルルジョンの水師に送り、丈夫な卵の殻を祈念する」

カルル人はピンクの模様のある皿頭をかたむけた。

「わたしはツェセリョ、《リョドョグリョ》艦長にしてヴリジン星系防衛艦隊司令官、第十二位のカルルジョン水師であり、カルルジョナ・ポンプ場の名誉場長だ。ガタス政府の挨拶を受け入れ、ブロック監視者全員に豊かな泉と多くの降雨を祈念する」

〈本題に入れ〉と、戦争エレメント。

「不安を感じる必要はない」シ＝イトがなだめるような身振りをしながらいう。「われわれ、カルル人が星喰らいに絶滅させられる前に救出にきたのだ」

「水の滴る湿り気の被造物にかけて、連絡員のグレェエスがフェルト星系に到達したのか！　最後の連絡では、かれとその誇り高い《テレトリ》は、星喰らいの不気味な影響に幻惑されているようだった。ガタスに救援を要請するという任務を忘れてしまったのではないかと危惧していたが……」ツェセリョの顔に不審そうな表情が浮かんだ。「とはいえ、フェルト星系まで二万光年近い距離があるのに、どうしてかれはそんなに早く着けたのだ？」

シ＝イトは細い頸を堂々と曲げてみせた。

「ガタスのブロック監視者は眠っているわけではない。第五監視ブロックには、以前から星喰らいの脅威に関する情報が入っていた。そのデェエスという……」

「グレェエスだ」と、ツェセリョ。

「……連絡員は、たぶん星喰らいの影響を受け、実際に幻惑されてしまったのだろう。わたしがスタートする時点では、《テレトリ》のことは知らなかった」

「かさかさした乾燥の被造物が、かれの心を干からびさせたにちがいない！」カルル人は嘆息した。

「そうかもしれない」シ＝イトが同意する。「あるいは、星喰らいの平和オーラが感覚を鈍らせたか」

「平和オーラ？」

「ツォレソ艦長……」

「ツェセリョだ」

「艦長、われわれ、恐ろしい事実を直視しなくてはならない」シ＝イトは芝居がかった口調で先をつづけた。「イーストサイドをヴリジンに向かって光速で移動し、ムウルト・ミミズをむさぼるように恒星を星系ごとのみこんでいるブルーのエネルギー体は、銀河系外勢力の兵器なのだ。異人は星喰らいを使ってブルー族国家を消滅させ、のこる銀河系を楽々と征服しようとしている！」

「かれらは乾き死ぬがいい！」ユルンがシ＝イトを押しのけるようにして口をはさんだ。

「だれだ？」と、ツェセリョ。

「わたしはユルン、ハネ人です」シ＝イトは横目でユルンを見て、自分と同じようにエレメントが肩から消えているのを確認した。カルル人に疑念をいだかれるわけにはいかない。「故郷惑星はプリイルト星系のツュリュトといって……」

「知っている」と、ツェセリョ。「ツュリュトには豊富な水があるから」

「充分にあります。いささか多すぎるくらいで。本題にもどりますが……星喰らいはプリイルトとツュリュトものみこもうとしましたが、ここにいる友のおかげで、その運命をまぬがれたのです」

ツェセリョは興奮して皿頭を揺すった。

「星喰らいに対抗する防御兵器があるのか？」

「そのとおり」シ＝イトは誇らしげにいいながら、内心では嘲笑していた。なんとおろかなやつだ！「星喰らいの危険な平和放射を中和する、五次元性装置がある」

「ぜひカルルジョンに着陸し、水師に報告してもらいたい！きみたちの助力に対し、頭から水をかけ、歩く道を湿らせるだろう」

「ツュイグリュイリイ数樽でもいいが」シ＝イトは感謝するカルル人から水びたしにさ

れるところを想像し、かぶりを振った。憎悪の炎がさらにはげしく燃えあがる。ばかどもめ！　なにも知らずに！　その怒りをおさえこみ、平板な口調でいう。「《トリュリト・ティルル》でカルルジョンに着陸する前に、いくつか対策を施しておきたい。星喰らいがヴリジン星系外縁部に出現するまでに、もう時間がない。とにかくあなたの艦を防御しておかないと、ツォソリョ艦長……」

「ツェセリョだ」

「……艦長、あなたの艦も平和オーラの影響を受けてしまう。この艦には充分な数の反平和オーラ・バリア・ジェネレーターがある。艦隊ぜんぶにいきわたるだろう。最外惑星軌道上に全艦を集結させてもらいたい。そこでジェネレーターを引きわたす。さらに、わたしの艦隊をあなたの指揮下に組み入れ、防衛線を構築してもいいと考えている。たとえ星喰らいを撃退しても、銀河系外勢力は休むことなく、カルルジョンの泉に貪欲な手を伸ばしてくるだろうから」

「すべてを焼灼する熱の被造物がやつらを燃やしつくすといい。シ＝イト艦長、きみの度量のひろさは何リットルも報われることだろう。提案を受け入れ、艦隊を指定ポジションに集結させよう」

「けっこう」と、シ＝イト。「わたしは《トリュリト・ティルル》でカルルジョンに着陸し、水師とともに星喰らいに対する防御を構築する」

「すべてに湿り気を。以上」

「湿った終わりを」シ＝イトはそういって通信を切った。ツェセリョの映像が消えると、ちいさく笑いだす。

「ばかですね！」ユルンも邪悪なよろこびをあらわにした。「戦争エレメントを進んで艦内に招き入れるとは。またしても、ほとんど流血なしで戦闘に勝利することになります。ひどい話です」

「陰険な青い被造物にかけて、まったくだな」シ＝イトはどうにか怒りを制御した。それまでは怒りのあまり気づかなかったが、喉の奥に唾が湧いている。ムウルト・ミミズを見たことで、からだが遅まきながら反応しているようだ。ミミズはいま、クリームソースの缶のなかにいる。「だが、あの頸なしどもに助かる道はない。われわれとは戦わなくても、コスモクラートと戦うことになる……」

　ユルンは四つの目を見開いた。

「コスモクラート！　かれらが敵なのですね。すばらしい！　われわれの多くが英雄的な死を遂げるでしょう」

「では、この確実な未来の話はおくとして、しずかに現在の話を進めよう。ガルファニイ！」

　副長は飛びあがった。司令スタンドでカルル人との通話はずっと聞いている。

「はい？」

「カルルジョンに向かう。エリュファルは地上管制に連絡し、遠隔操作による着陸を要請しろ。まだ疑念がのこっていたとしても、それで解消するだろう」

ガルファニイは命令を確認し、航法士のギュルガニイと通信士のエリュファルに指示を出した。そのあと艦隊の全艦に暗号通信で、シ＝イトの悪魔的な計画が最終段階に入ったことを伝える。《トリュリト・ティルル》のインパルス・エンジンが作動し、巨大な円盤艦はヴリジジン星系内に向かった。ガタス艦隊は散開し、第十八惑星の軌道上に待機する。カルル艦隊は……ブルーとイエローの宙域から移動してきた艦もふくめて……全艦がこれに合流した。星系内からも防衛艦隊ののこりが同じポジションに接近してくる。

「まだ宇宙ステーションをなんとかする必要があります」と、ユルン。

シ＝イトは深く考えるでもなくうなずいた。

「カルルジョンがわれわれの手に落ちれば、問題はおのずと解決する」

〈夢見者が到着するからな〉かれの肩の上にもどった銀色の蟹がささやいた。〈死のようにすばやく突然に、かれはヴリジジン星系に出現する。単独ではない。かれにつきしたがう者たちが、これまでもすべての問題を解決してきた〉

シ＝イトは驚きのさえずりをはなった。

戦争エレメントが謎めいた〝夢見者〟の随行者について語ったのは、これがはじめてだ。ほかのエレメントなのだろうか？

蟹はかれの思考を読んだかのように先をつづけた。

〈質問の時間も、回答の時間もあるだろう。だが、戦争がその血にまみれた剣で平和というまやかしの霧を断ち切るとき、質問は重要ではなく、回答に意味はない。なぜなら、戦争こそがあらゆる質問への回答だから。戦争が発する言葉はつねにひとつしかない。死だ〉

「簡潔で適切だな」シ＝イトがうれしそうにつぶやく。

《トリュリト・ティルル》は速度をあげつづけ、艦載コンピュータは細かい惑星間物質が船体を傷つけないよう、防御バリアを展開した。いまは主星の反対側にある第十七惑星から第十五惑星までの公転軌道を通過し、数百万キロメートルを隔てて第十四惑星をかすめたところ。この惑星は冷たく大気のない岩塊で、たぶん衛星だったものが、ガス巨星の重力圏に引きずられて主星を周回するようになったのだろう。ヴリジン星系の第六惑星より外側にあるのは、第十四惑星以外、すべてがガス巨星だ。

シ＝イトはデータ画面を一瞥（いちべつ）し、《トリュリト・ティルル》が目的地に到着するまで、まだ二時間ほどあるのを見てとった。

喉がごくりと鳴った。

もうひとつの問題を解決するには充分な時間だ。

かれは胸ポケットのマグネット・ファスナーを開き、缶をとりだした。目の前のコンソール上にそっと置いて、蓋をとって、中身を見る。

クリームソース……ガタスの珍味で、卵白とイリュ・イモムシの内臓のゼリーと菌糸油でつくり、コサラー蜘蛛の巣の粉末で風味づけしたもの……の芳香がひろがり、シ＝イトはうっとりしたさえずり声を漏らした。

ムウルト・ミミズがソースのなかから顔を出した。

「どうしました？」と、そっけなくたずねる。

シ＝イトは邪悪な笑い声をあげた。

「おまえの最期が近いということだ、ミミズ」と、脅すようにいう。「すばらしいアイデアが浮かんだ。待っていろ！」

ミミズは信じていないようで、ふたたびスープのなかにもぐった。

シ＝イトは悪態をつきながら艦内放送のスイッチを入れた。

「ラ＝グーファング！　ラ＝グーファング料理長！　ただちに司令室へ！」

ムウルト・ミミズをめぐる司令室内の騒ぎに気を散らされないよう、後方の目を閉じる。だが、背後で舌なめずりをするような音が聞こえ、思わずまた目を開いた。

ユルンだ！

ハネ人はすぐうしろに立ち、身を乗りだしぎみに、あからさまな渇望の表情でクリームソースの缶を見つめている。

「食物の甘い被造物にかけて！」ユルンが叫んだ。「これはムウルトでは？」

シ＝イトは皿頭を左右に振り、

「違う」と、嘘をついた。「だいたい、ここはきみの居場所ではない。戦士の一隊をまとめて、下部エアロックで待機しろ。カルルジョンに着陸したら水師を制圧し、エレメントの理性をもって啓蒙しなくてはならない。たよりにしているぞ、ユルン」

ハネ人はためらった。両手が震えている。

「ですが、母の卵とツュリュトの卵の巣にかけて、ムウルト・ミミズが一瞬だけ、クリームソースのなかから顔を出したのを見たんです」憎悪のようなもの……間違いなく憎悪だとシ＝イトは思った……のせいで、その声はかすれていた。

「行け。命令だ」と、シ＝イト。

〈命令はどんな状況でもただちに、疑問をさしはさむことなく遂行されなくてはならない〉戦争エレメントがささやいた。〈さもないと、戦争は腹をたててその血まみれの顔を伏せ、かわって平和という堕落した天使の顔があらわれる。その滑らかな額の奥にあるのは虚無と、理性の欠如でしかない〉

「行け！」シ＝イトが叫んだとき、クリームソースの表面が動きだした。ミミズがいつ顔を出してもおかしくない。嘘をついたことをユルンにこの場で知られたら、心理作戦上の失敗になる。

だが、ユルンはしぶしぶ踵を返し、中央反重力シャフトのなかに姿を消した。

入れ替わるように、ラ＝グーファングが司令室にあらわれた。こんな短時間で調理場から上極ドームまでこられるはずがない。料理長はずっと司令室の近くをうろついていて、ムウルトを奪い返して自分で食べる機会をうかがっていたのではないか。ラ＝グーファングならどんな下劣なまねでもするだろう……とりわけ、戦争エレメントを肩に乗せたいま、被造物による憎悪と純粋な理性を得ているのだから。

シ＝イトは舌打ちした。

自分が料理長でも同じことをしたかもしれない。だが、かれは艦長として、本質的にほかの乗員たちよりも仮借なく行動できる。ちょっとしたトリックで、ムウルトをめぐるライヴァル全員を場外に追いだせるのだ。問題はユルンだけだった。あのハネ人はどうも心底が見えない。主導権を譲ることになって、こちらをねたんでいるかもしれなかった。

〈エレメントの恩恵はまず命令する者に向かう。服従する者については二の次だ〉悪魔的な思考の声がかれをなだめた。

「理性的だな」と、シ＝イト。

そこにラ＝グーファングがやってきた。

「お呼びですか、艦長？」

シ＝イトは疑わしげに調理長を見つめた。びくびくしている印象だ。なにかかくしごとがあるかのように。

「ムウルト・ミミズについてなにを知っている？」

ラ＝グーファングの体毛が震えた。

「ムウルト・ミミズですか？」と、ゆっくりとくりかえす。「なぜそんなことを？」

「不服従の褐色の被造物にかけて、なぜかとたずねるのか？」シ＝イトは叫んだ。「見当はついているだろう」

「見当？　わたしが？　まさか！」

「ま、そういうだろうとは思ったがね」と、皮肉な口調でいう。「きみの記憶をはっきりさせるためにいうと……きみは敬愛する艦長の寛大さに急に報いたくなって、ムウルト・ミミズを提供したわけだ。違うか？」

ラ＝グーファングは目をまるくした。

「わたしが……ムウルト・ミミズを……艦長に……提供した……？」と、つっかえながらいう。「失敗のピンクの被造物にかけて！　そんなはずがありません！　わたしの大切なムウルトを！　長年の心の支えを、老後の蓄えを……艦長に！」

「なにをいっている？」と、シ＝イト。「支離滅裂ではないか？　つまり、きみは失敗をおかしたといいたいのか？　敬愛する艦長をよろこばせるつもりではなかったと？」

「わたしは……」料理長は困りきって皿頭を揺らした。「そのとおりです、艦長。ムウルトに投資したんです。退役したあと、さまざまな美食を楽しめるように。あれを売って利益を……」ラ＝グーファングは艦長に顔を近づけた。「まだ食べていないでしょうね？」

「ああ、だが時間の問題だな。ただし、問題がある。この陰険なミミズが、自分には毒があると主張しているのだ。食べると自分を植物だと思うようになる毒らしい。これはほんとうか？」

料理長の目がずるがしこい光をはなった。

「ほんとうです、艦長」と、急いで答える。「それでもひかえめなくらいで。このムウルトは……その……突然変異種なのです。食べたら即死ですよ。警告してくれて幸運でした。わたしが引きとりましょう。つまり、はは、この臨戦態勢のさなかに自殺する気はないでしょう？」

ラ＝グーファングは缶をつかんだ。

シ＝イトがその指をたたき、料理長は叫び声をあげて手をはなした。

「思うに」シ＝イトが危険なほどおだやかに話しだす。「きみはこのミミズと同じくらい嘘つきだな。すべてムウルトをとりもどすためなのだろうが、わたしは……」

「あなただって、だいじょうぶとはいえないはず」ミミズが尾部でクリームソースをはねとばしながらいった。「推測にすぎません！　ほんとうに危険かもしれない！」

「母の卵にかけて」と、ラ＝グーファング。「艦長、わたしは嘘などついていません。このミミズは突然変異で、テラの芽キャベツのような毒があります。わたしは……」

「黙れ！」シ＝イトはどなり、悪態をつきながら缶の蓋をぴしゃりと閉じた。「調理場にもどれ、ラ＝グーファング」

「しかし……」

「命令だ！」

料理長はまだなにかいいたそうだったが、思いなおして、最後にもう一度なごり惜しそうに缶を見てから、反重力シャフトに向かった。シ＝イトは缶を戦闘服の胸ポケットにもどした。

〈それでいい〉戦争エレメントが肢を動かし、あらたな足場を探って、シ＝イトの細い頸にしがみついた。〈もっと重要なことがあるのだ、シ＝イト。ヴリジン星系を制圧し、戦争に捧げなくてはならない。夢見者がやってくる……この戦争を銀河系全体に拡大させるために。いくつもの世界が燃えあがり、恒星間空間が戦場となる……〉

シ＝イトは悪魔のような笑みを浮かべた。

目を輝かせてこういう。

「そんなものはただの言葉だ。戦争が銀河系を瓦礫の山に変えたら、わたしはこの嘘つきミミズを処分する。ミミズにも英雄的に死ぬ権利はあるだろう。たとえそれがクリームソースのなかの死であっても！」

シ＝イトの肩のエレメントはびくりとしたが、艦長はムウルト・ミミズを食べる夢に心を奪われ、気づいてもいなかった。

7

その恒星はソルのようにも見えたが、ソルは七万光年の彼方であり、主星の周囲をめぐるのは八個の惑星ではなく、無数の小惑星でできたリングだった。直径はどれも百キロメートルに満たず、ほとんどは岩石質でグレイだが、ところどころで凍ったガスの残滓(ざんし)や、岩のなかから顔を出した金属の破片が陽光を反射していた。

レジナルド・ブルは居心地悪げに身じろぎした。

ほんの二千五百年ほど前まで、この黄色恒星セリョグリョフトには三個の惑星があった。だが、それらはブルー族同士の戦争で破壊されてしまった。ヨーロッパ人が新世界アメリカを植民地化しはじめたころ、ガタス艦隊がセリョグリョフト星系を攻撃し、瓦礫の野に変えてしまったのだ。

「炎はあと数分でリニア空間から復帰する」タウレクの声がブルのイヤフォンから流れた。

かれは振り向いた。

《シゼル》はぎざぎざのミニチュア山岳……マグマが宇宙の冷気で凍って、グロテスクな形状にかたまったものだ……の麓から百メートルほどの位置にとめてある。左側一キロメートルほどのところにはカルル人の基地が見えた。分子強化鋼のドームで、周囲をエレクトロン集音ステーションにかこまれ、赤く輝く防御バリアで守られている。

カルル人は防御バリアで炎の標識灯の影響をまぬがれられると信じているようだ。ブルはそう思って苦笑した。

カルル人の基地指揮官ヘセリが、小鳥のさえずりのような神経質な声をあげた。ブルに接近してくるが、小惑星の低重力のせいで奇妙な動きになる。テラのセランによく似ているかれの宇宙服が、恒星光を反射した。

「欺瞞のすみれ色の被造物にかけて、こんなのありえない！」

ヘセリが宇宙服のグラヴォ・パックを使って相対的に停止し、はげしい身振りをしながらいう。

どうやら、エルンスト・エラートを見ていらだっているようだ。メタモルファーは《シゼル》の外でカルル人に近づいたが、宇宙の冷気と真空のなかでもセランのヘルメットを閉じていない。ヴィールスでできたブルーの顔が赤いセランの襟のふくらみの上で青白く輝いている。ブルでさえ、一瞬、息をのんだ。無数の微小ヴィールスが集まった人工の肉体を持つエラートは、空気や温度といったものを必要としないとわかっているのに。

エラートはブルから数歩はなれ、ヘルメットを閉じた。酸素供給装置が作動し、保温機構が防護服内部を暖める。音声を伝播できる程度の空気が満ちると、かれは内蔵マイクロフォンに向かってこういった。

「友のブルー族はすこし神経質になっているようです、ブリー。わたしを幽霊かなにかだと思っているらしい」

「無理もないな。わたしもときどきそう感じるから」と、ブル。

かれは基地のほうに目を向けた。

赤い防護バリアの上にカルルル人の円盤艦が浮遊している。下部エアロックは開いていて、エネルギー・チューブがバリアの構造亀裂を通り、基地の底面にのびていた。多数の人影と搬送用コンテナが整然と宇宙船に吸いこまれていく。基地からの脱出はほぼ完了していた。

「危険はないぞ、ヘセリ」ブルが基地指揮官にいった。「きみたちにはなにも起きない。タウレクが説明したとおり、セリョグリョフト星系は宇宙襞に保管されるだけだ。この〝宇宙繭〟と外の宇宙のあいだには次元通廊が形成される」

カルルル人は疑わしげに、

「自分でも推測だといっていたでしょう。実際に知っているわけではないのでは？」

「タウレクは確信があるといった。コスモクラートは饒舌ではないが、信用できる」

「いずれにせよ、いちかばちかに賭ける気はありません」ヘセリは周波を切り替え、部下たちに退避が完了したらできるだけ急いでセリョグリョフト星系からはなれるよう、指示した。最後のひとりが下部エアロックに吸いこまれ、外側ハッチが閉じる。エネルギー・チューブが消え、その直後に円盤艦のインパルス・エンジンが作動した。小惑星の低重力のせいで、巨大な艦が重力場から離脱するのに必要な推力はたいしたものではない。艦はたちまち宇宙の闇のなかに姿を消した。安全な距離まではなれると、エンジンが出力をあげる。こんどは出力全開で、セリョグリョフトの横にべつの恒星が出現したかのようだった。ただ、それはずっとちいさく、数秒後には星々のあいだにまぎれてしまう。

ブルは大きく息をついた。

これで、この星系にいる生命体はかれらだけ……タウレク、ヴィシュナ、エラート、ヘセリ、ブルの五名になった。基幹要員たちは円盤艦で、セリョグリョフトからはるかにはなれた待機ポジションにいるほかの二十数隻に移乗することになっている。

「一分前」と、タウレク。その声はいつものようにおちつきはらっている。

ブルは宇宙の闇を見つめた。星々というあばたのある漆黒の顔と、セリョグリョフトというまるい目を。無数の小惑星がまもなくカタストロフィに見舞われ、通常宇宙から消し去られるという兆候は見られない。炎の標識灯がリニア空間から出現しても、そのブルーの光が小惑星帯の基地にとどくには時間がかかる。

ブルは横目で探るようにカルル人を見た。

胸の内ではこのブルー族を賞讃していた。ヘセリは基地からの観測と偵察隊の報告から、炎の標識灯が星喰らいであり、銀河イーストサイドに直径十光年のトンネルを穿っていることはわかったはず。炎のとらえた天体をn次元の繭がつつみこみ、恒星が瞬時に消える映像も見ているだろう。それでもヘセリはセリョグリョフト星系にとどまった。コスモクラートを自称するタウレクという異人の言葉しか根拠がないのに、かれ自身は避難せず、《シゼル》の到着後すぐに退避命令を出し、部下たちの安全を確保してもいる。

「きたな……」ブルがつぶやいた。

セランの光増幅機能のおかげで、褐色のパイプのような《シゼル》の姿がはっきりとわかる。タウレクが操縦ピラミッドの前の鞍のようなシートにすわっていた。この距離からでも、かれの平然としたようすが見てとれる。ヴィシュナはその横に立っていた。両コスモクラートはピラミッドの上に浮かんだホログラムで、周囲の空間のシミュレーションを見つめているようだ。

「行こう」と、ブル。

セランのグラヴォ・パックを使い、《シゼル》までの距離を数秒で翔破する。エラートとヘセリもそれにつづいた。コスモクラートの宇宙船に近づくと、牽引フィールドがかれらを引っ張りあげた。プラットフォーム上の透明ドームが分子構造を変化させ、エア・カーテンのように通過可能になる。ブルとメタモルファーとカルル人はしずかにプラットフォームに着地した。

同時にホログラムの3D映像が変化する。高さ八億キロメートル、幅五千万キロメートルの巨大なブルーの純粋エネルギーの塊りがリニア空間から出現し、恒星セリョグリョフトの光球をささやかな光点に変えてしまう。

ヘセリが恐怖のさえずり声をあげた。ブルも一瞬、心拍数がはねあがり、心配したセランのサイバー・ドクターが即座に安定剤を注射した。温かさと満足感をもたらす見えない波が、すぐにかれをつつみこんだ。メンタル安定人間であるブルでさえ、ブルーの炎が放射する平和オーラを感じとることができた。不安が解消し、緊張が解け、気分が快活になる。

「ああ」ヘセリの声も変化していた。さっきまでは神経質そうな、ヒステリーを無理におさえこんでいるような声だったが、もうそんな印象はない。「水の滴る湿り気の被造物にかけて、こういうことですか！　もちろんわかります！　危険が迫っていると思いこむなんて、どれほどおろかだったのか……」

カルル人は幸せそうに顔をあげたが、炎の光はまだ小惑星にとどいていなかった。炎が通常空間に復帰したポジションから三重の小惑星帯の外縁部まで、二光時の距離があるのだ。ブルは系外で待機している二十数隻のカルル艦に目を向けた。そこにいるブルー族も、すでに平和オーラの影響を感じているはず。不安は消え去り、心の平安を得ているだろう。

「エネルギー活動だ」タウレクがいった。

ブルは興味を引かれ、ホログラムの映像を目で追った。鬼火のようなタウレクのプシオン・ゾンデのひとつがブルーのエネルギー構造物に接近し、変化するようすを遅延なく送信してきている。ブルーの炎のなかからヴァイオレットの閃光がはしり、星々のちりばめられた宇宙の闇を舐め、目に見えない模様を刻んでいくようだ。人間の想像力のおよばない自然の力が解放され、時空連続体が崩壊した。刻まれた模様の背後で目のくらむ白い光が爆発する。ヘルメットの減光機能も追いつかないまぶしさだ。光はかたちを変え、ひろがって、遠い星々とセリョグリョフト星系を隔てる、純粋なまぶしさの壁を形成した。

その壁は大きくなり、球状に何百万キロメートルもひろがって、恒星と無数の小惑星をすっぽりつつみこんだ。

空は光の海だ。

n次元エネルギーの輝きで、セリョグリョフトの光球はほとんど見えないくらいだった。

すべてが完全な静寂のなかで起きている。ブルはこの状況を非現実的だと感じないよう努力した。まるで映画を見ているかのように、この出来ごとが自分とも周囲とも関係ないものに思えてしまう。

ホログラムはまだ炎の標識灯を表示していた。

炎は光速の八十パーセントでセリョグリョフト星系に向かっている。星系はもう完全に上位次元エネルギーの繭につつみこまれていた。炎が脈動すると、映像も脈動しはじめる。

「鬼火からの送信が妨害されている」タウレクがいった。

心配しているようすはない。想定内のことなのだろう。プシオン・ゾンデからのインパルスは繭に吸収されてしまう。妨害がはげしくなり、脈動もひどくなって、やがて映像は消えてしまった。

同時に繭の明るさが増しはじめた。

ブルは視線を落として床を見た。プラットフォームは褐色の艶消し素材だというのに、磨きあげたクリスタルの鏡のように光を反射していた。

「いまよ！」と、ヴィシュナ。

光が薄れた。

ほんの数秒で空がふたたび以前のように暗くなる。セリョグリョフトは漆黒の宇宙空間で黄色い光をはなっていた。基地をつつみこむバリアの赤い光も見えるようになる。

ただ、なにかが違っていた。

星々だ！　星々が消えている！

セリョグリョフトのまわりの空に星はなかった。銀河イーストサイドの光が存在しない。あるのは黄色恒星と、薄暗く光を反射する小惑星帯だけだった。

宇宙がセリョグリョフト星系の周囲に〝折りたたまれて〟いるということ。

この星系は銀河系を通過する無限アルマダの障害にならないよう、独自のミニ宇宙に保管されているのだ。

ブルは深く息を吸いこんだ。

意識の奥ではセリョグリョフト星系のミニ宇宙を満たす平和オーラの影響を感じているが、メンタル安定化処置のせいで、感情の均衡が大きく崩れることはなかった。

ヘセリを見る。

ブルー族は屈託がなかった。ヘルメットを開き、口のすぐ上の頸のあたりをかいている。

「これはすばらしい」かれはさえずった。「わたしはずっと、真っ暗な空を偏愛してきました。すべてがとてもくっきりするから。そうは思いませんか?」

ブルは目を凝らした。

気のせいだろうか? それともこの絶対の夜には……近くのマグマ塊の上に……ぼんやりしたリングが存在するのか?

なにか白いものが《シゼル》の先端をはなれ、夜のなかへと消えていった。鬼火だ。プシオン・ゾンデは超光速飛行に遷移し、それが通常空間から消えた直後、操縦ピラミッドの上のホログラムが安定をとりもどした。

「保管庫は直径が五光時ほどあり、セリョグリョフトを中心にした球形をしている」タウレクがいった。

ブルは聞いていなかった。魅入られたようにホログラムを見つめる。気のせいではなかった。たしかにぼんやりしたリングが存在している。鬼火による接近映像で、ミニ宇宙の闇の中心にブルー・ヴァイオレットの円が見えた。同時に表示されているデータから、リングの直径が十万キロメートルであるとわかる。リング内には淡いブルーの光があった。

「次元通廊だ」タウレクが満足げにいう。

その直後、ブルーのリング内にちいさな点が出現した。ぜんぶで二十四個ある。

ブルー族の艦だ！　ブルはほっとした。

約束どおり、セリョグリョフト星系の保管が終わったあと、カルル人艦隊がアインシュタイン宇宙側の通廊の開口部に接近し、いまこうしてミニ宇宙の闇のなかの、ブルー・ヴァイオレットの空間に出現したのだ。

ブルは大きく息をついた。重荷をおろした気分だ。その瞬間まで、保管庫が通常宇宙とつながりを持たず出口のない牢獄で、これ以上なく完璧な地下牢となるのではないかと恐れていたのだ。かれがそのことを恐怖するのは、いくらタウレクが《シゼル》なら宇宙襞のn次元の壁を通過できると保証しても、そこに数十億の知性体が幽閉されることになりかねないからだった。セリョグリョフト星系ははじまりにすぎない。次は惑星カルルジョンのあるヴリジン星系だ。ガタスに到達するまでに、炎の標識灯は数十の、あるいは数百の、居住者のいる星系を保管していくことになる。

タウレクに見られていることに気づき、ブルはコスモクラートを見つめ返した。

「これで信じられたか？」タウレクが向きなおると、衣服がささやくような音をたてた。

「まあな」ブルが淡々とした声でいう。「きみはわたしと同じくらい安堵しているようだが」

コスモクラートは一瞬ためらってからこういった。

「そのとおりだ。わたしもほっとした。早すぎた起爆がほとんど解決不能な問題を引き起こし、炎のプログラミングにネガティヴな効果をもたらすのではないかと危惧していたのだ」

星々が空で燃えあがる。カルル人の円盤艦が小惑星基地に接近し、パルス・エンジンが粒子流を噴出させて制動をかけた。いまのところ、そんなエンジンの炎だけがセリョグリョフト星系から見える星々のすべてだ。

エラートは考えこむように艦隊を見つめた。

「カルルジョンまでの道をじゃまする者はいないと思うが」

「そうだな」タウレクがうなずく。「炎の標識灯はまもなくまた動きだす。ヴリジン星系に先乗りして、カルル人をなだめておいたほうがいいだろう。カルル人全員が友ヘセリのように勇敢なわけではないだろうから」

「充分な水さえあれば、カルル人は全員が勇敢です」ヘセリはそんな予言じみた言葉をのこして別れを告げ、《シゼル》を出て、宇宙服のグラヴォ・パックで基地のドームに向かった。

数分後、《シゼル》はスタートし、次元通廊の円形の開口部にコースをとった。ブルーの喉が宇宙船をのみこむ。

ブルとエラートと二名のコスモクラートがヴリジン星系に到達するのは、そう先のことではないだろう。

8

《トリュリト・ティルル》は重力ジェット・エンジンの出力を絞りながらカルルジョナ宇宙港に降下していった。司令室の大全周スクリーンに、周囲の全景と一部の拡大映像が表示される。

地球のオーストラリアにある砂漠をもっと広大にしたような荒れ地は、カルル人によってダイヤモンド砂漠と命名されていた。先史時代の地殻変動により、さまざまな大きさの無数の宝石と、数百万トンの珪砂を産出するから。S字形の高地のぼろぼろに風化した断崖が、砂漠から三千メートルの高さにそびえている。それは砂の海に浮かぶ島で、そこに緑の公園や人工的に灌漑された森林、分子硬化クリスタルでつくられた、この世のものとも思えない建物などが集まっていた。その高地の中央に、砂漠と同じくグレイで平坦な長方形の宇宙港が存在する。

べつのスクリーンには宇宙港施設のクローズアップと、カルルジョナ市街と、ロボットの群れが昆虫のように働いている砂漠地帯がうつっていた。ロボットはたぶんダイヤモンドの採取に従事していて、それがカルルジョンの富の源泉なのだろう。

最後にもう一度、超音波の警報が《トリュリト・ティルル》内に響きわたった。シ＝イトはうわの空で、ガルファニイが搭載艇格納庫からのスタート準備完了の報告を受けるのを聞いていた。

勝ち誇ってちいさく笑う。

艦の全搭載艇に乗員が配置され、いつでもスタートできる状態だ。それぞれが数千個の戦争エレメントを積載している。シ＝イトの命令ひとつで、それがカルルジョン全土に展開し、ほかの高地都市にも積み荷をばらまくことになる。エレメントの分裂速度を考えれば、カルル人全員が戦争という理性に目ざめるのも、そう先の話ではないだろう。

「艦隊より通信です」首席通信士のエリュファルが報告した。その目は下の砂漠に埋もれているダイヤモンドのように輝いている。「カルル人の搭載艇はすべて制圧され、エレメントを乗せて母艦に帰還しました。問題は起きていません」

「けっこう」と、シ＝イト。

《トリュリト・ティルル》の降下速度があがった。コンピュータ制御の着陸脚が伸びだす。重力ジェット・エンジンがふたたび出力をあげ、巨大な円盤艦はしずかに宇宙港に着陸した。

興奮がシ＝イトをつつみこむ。

〈かれらは終わりだ〉エレメントのささやきが頭のなかに響いた。〈まだ気づいていないが、かれらはすでに冷たい戦争の手のなかにいる。その手がゆるむことはない〉

「もちろんだ」シ＝イトが陰険にさえずる。「だれもが得るべきものを得る。戦争のことなら知りつくしている。わたしもけっしてミミズを手ばなすことはない」

　またしても困惑と怒りの波動が伝わってきたが、かれは気にしなかった。エレメントは明らかに、自分のような大きな相手をあつかい慣れていないのだ。

　無理もない、と、シ＝イトは自己満足しながら思った。戦争エレメントがどこを探そうと、わたしのようなブルー族はほかにいないのだから。高い知性と英雄的な勇気と美食家の舌を持つだけでなく、この飛びぬけた無慈悲さは、エリュファルやガルファニイといった、真の戦士の性質を持った兵士の被造物とも一線を画している。エレメントはわたしの悪意と知謀に圧倒され、混乱した反応を見せるしかない。

　肩の上の銀色の蟹は無言だった。

　シ＝イトはガルファニイに合図した。

「あとはきみが指揮をとれ。予定どおりにやればいい」

　ガルファニイはうなずいただけだった。

　シ＝イトは肩のエレメントをつかみ、戦闘服のなかに入れて、マグネット・ファスナーとヘルメットを閉じた。勢いよく立ちあがり、反重力シャフトに向かう。後方の目で見ると、宇宙港のはずれの建物からスタートした数機のグライダーが《トリュリト・ティルル》に向かうのが、スクリーンのひとつにうつっていた。

カルルジョンの水師の歓迎部隊だろう。

かれは邪悪な笑い声をあげた。

カルル人にとっては悪い目ざめになるはず。こちらが惑星を征服してしまえば……

〈そうなれば〉戦争エレメントが不気味な予想を述べる。〈そうなれば、夢見者が登場し、最後の幕があがる。罪のある者もない者も等しく裁かれ、死の影が星々をおおいかくす〉

「わたしはもうすこし冷静に見ている」と、シ＝イト。「批判的に見てもいる。たとえば、全員が甘い英雄的な死を遂げるというのは納得できない。つまり、もっと選択的でもいいんじゃないか？」

〈人生という演劇の大詰めはひとつしかない。それは全員に訪れる。最後の場面は、死……〉

シ＝イトは人間ならため息に相当するものを吐きだしたが、なにもいわなかった。数回の経験から、エレメントが世俗的な事実を詩的に歪曲する傾向があることに気づいていたから。たぶん自分の意識下に、若いころガタスで学んだ詩学の授業の記憶があり、それを反映しているのだろう。

かれははげしい憎悪のさえずりをはなった。

若いころはなんとおろかだったことか！　かれはブルー族の平和を愛する善良さを信じていたが、実際の世界は好戦的な本能からくる邪悪さと冷たい理性を基盤にしていた。〝無慈悲のシュ〟のことを思い浮かべ、後悔の念をおぼえた。エレメントによって目ざめたいまなら、シュがたんなる無法者ではなく、人生の真の意味に通じる道にぎごちない一歩を踏みだしていたのだとわかる。弱い者はたたきのめせ。美しいものは破壊しろ。見かけだけ健康そうに見えるものはすべて引き裂け。

〈なぜなら、真に健康なのは病人だからだ。ゆえに、戦争はもっとも純粋なかたちの理性といえる。一見、崩れているように見えても、それは真の完璧さを体現している〉

シ＝イトはメイン・デッキの最下層に到達し、反重力シャフトを出た。地上エアロックのなかはエレメントでいっぱいだ。数名の技術者が遠隔操作の浮遊プラットフォームを忙しく準備している。直径四メートルのプラットフォーム五十台がならんでいた。通常は艦の保守作業に使われるものだが、いまはそこにエレメントが満載されている。攻撃命令とともに艦載コンピュータがそれを市街全域に派遣し、エレメントが各個に犠牲者にとりついていく。蟹の多くがすでに分裂し、数を増やしていた。増殖に必要なエネルギーは技術者たちがひろいホールに設置したレーザーから得ている。レーザーは最大出力で稼働していたが、焦点クリスタルは鈍い光しかはなっていなかった。エレメントがそれだけ大量のエネルギーを吸収しているということ。

シ＝イトは集まった者たちを押しのけ、第二反重力シャフトに歩みよった。映像から判断すると、そこからそのまま着陸場に出られるようだ。

ユルンがかれを出迎えた。

「すべて準備できています」その声には憎悪があふれていた。「おろか者どもがまもなく《トリュリト・ティルル》に到着します」

シ＝イトに聞こえたのはくぐもった声だけで、かれは悪態をつき、ヘルメットが閉じていることに気づいた。背後にヘルメットを収納する。カルルジョンの政府関係者に会ったとき、疑念を持たれたくはない。

「エレメントは……？」そうたずねかけると、ユルンは無言で、テラの帽子箱くらいの大きさの容器十数個を指さした。

「水師への贈り物です」ハネ人は悪魔のように目をぎらつかせた。

シ＝イトが両手をこすりあわせる。

「すばらしい」

かれはこちらの代表団のメンバーを検分した。ガタス人の慣習にしたがい、ゆったりした金色のローブを身につけている。平和の被造物の色だ。皿頭には咆哮鳥の羽根を飾りつけてある。ふさふさした羽根がパネル照明の光にきらめき、まるで色鮮やかな後光をまとっているようだ。

「カルル人のグライダーが着陸しました」と、報告が入る。

シ＝イトは部下に〝贈り物〟の箱を持たせた。箱を手にした者たちがひとりずつ、反重力シャフトのなかを下降していく。

「きみはここにのこれ、ユルン」シ＝イトがいった。「命令どおり、浮遊プラットフォームがカルルジョナ各地に向けてスタートするのを監督するのだ」

「まかせてください」ハネ人はそういったが、その目はシ＝イトの宇宙服の胸部、ムウルト・ミミズの入った缶のふくらみに向けられていた。

「行け！」シ＝イトが甲高い声で叫ぶ。

ユルンはしぶしぶといったようすで立ち去った。

まだムウルト・ミミズを狙っているのだ。泥棒め！　できれば早めに英雄的な死を遂げてくれるといいのだが。部下がムウルトに手出ししないよう気をつけながら、同時に一星系を征服することなどできない。良心の呵責を感じないというのは大きな利点だが、どこかに限度を設けることは必要だ。

〈戦争には限度などない〉と、エレメント。

シ＝イトは頭のなかに響く声を無視した。反重力シャフトに飛びこんで下降しながら、ヘルメット・テレカムでエリュファルと連絡をとる。

「どんなぐあいだ？」

「カルル艦内で最初の戦闘がはじまりました」と、首席通信士。「制圧は予定どおり進行しています。ただ、全乗員を啓蒙する前に、カルルジョンに警告される危険はあります」

「われわれの艦隊がカルルジョンとの通信を妨害して……」

「そうなのですが」エリュファルは艦長の言葉をさえぎった。「すでにいくつかの宇宙ステーションから問い合わせがきています。しばらくはだいじょうぶでしょうが、そのうちに疑問を持たれそうです。こちらの部隊を数隻派遣して、ステーションを沈黙させますか？」

〈だめだ！〉シ＝イトのエレメントがいった。〈それは夢見者が対処する〉

「艦隊はカルル艦の制圧に当たれ」と、シ＝イト。「ステーションは当面、危険ではない」

　地上に到着。恒星ヴリジンの赤みがかった黄色い光が出口の楕円形をきわだたせている。シ＝イトは外に出た。陽はかたむきかけ、昼のあいだに温まった乾いた風が皿頭に吹きつける。《トリュリト・ティルル》の巨体が鋼の山のように頭上にそびえているが、地平線に近づいた主星の光は反重力シャフトにとどいていた。反対側には巨大円盤艦の長い影が伸びている。

シ＝イトは右のほうを見やった。船体を支える太い着陸脚の向こうに、カルルジョン政府代表団のグライダーが着陸している。機体には泉をかたどった紋章が描かれ、シ＝イトはカルルジョンの砂漠のことを、また、不毛な平地と豊穣な高地のコントラストを思った。水師がカルルル人文明の序列第一位にいることの理由がわかったような気がする。

シ＝イトの華麗に着飾った部下たちは、浮遊プラットフォームで《トリュリト・ティルル》のはしまで半キロメートルのところまで進み、そこで艦長を待っていた。

そのうしろにはカルルジョンのクリスタルの建物群が夕空にそびえ、沈みかけた主星が建物の切り子面に無数の炎を反射させている。

その美しさは、純粋で完璧なものよりも醜く病的なもののほうを好ましく感じるシ＝イトの趣味を侮辱するかのようだった。かれは腹だたしげに悪態をつき、反重力シャフトの目の前の浮遊プラットフォームに乗りこんだ。片手で半円形の手すりをつかみ、反対側の手でスタート・ボタンを押すと、プラスティック製の円盤が床から浮かびあがる。シ＝イトは操縦桿(かん)を前に倒し、待っているカルルル人に近づいた。

〈もうすぐ、もうすぐだ……〉と、銀色の蟹。

「ああ、わかっている」シ＝イトは不機嫌そうにさえずった。

部下たちと合流し、プラットフォームから地上におりる。カルルル人たちが威厳ある足どりで近づいてきた。白いワンピースの衣服を着用し、胸に泉の紋章をつけた十数名のブルー族だ。

「まだだ」シ＝イトが部下たちにいう。「合図を待て」

ガタス人たちは無言だった。

カルル人の一行は、シ＝イトから二メートルのところで停止した。先頭の年老いた男……体毛は褐色で、なかば視力を失った目をしている……が、ぐるりと随行者を見わたす。老人は随行者が運んできたビロードのクッションの上からクリスタルの水差しをとった。なかには透明な液体が入っている。

水か！　シ＝イトは嫌悪をおぼえた。

「ガタス人の兄弟たち」老カルル人が甲高い声でさえずる。「カルルジョンの水師が歓迎する。カルル星間帝国の首都にようこそ。あなたがたの上につねに雨が降りそそぎ、湿り気がなくならないように。カルル人の伝統的な挨拶として、シ＝イト艦長に首都カルルジョナ最古のポンプ場から採取した聖なる水をあたえる。新鮮な水によってわれらの客となってもらいたい、艦長」

そういって水差しをシ＝イトに手わたす。

艦長は水差しを受けとり、同行者のひとりにわたした。そのあとカルル人たちに向きなおる。憎悪が表に出ないよう、つとめて平静な声を心がけた。宇宙服の下にかくしたエレメントが、ほかのガタス人たちが平和の被造物の金色のローブの下にかくした合成蟹ともども、身じろぎする。

エレメントはこの決定的な瞬間にミスをおかすなと警告したかったのだろうが、声なき声は聞こえなかった。

「光栄に思う」と、シ＝イト。「宇宙空間ではガタス人とカルル人の艦隊が合流し、星喰らいとその銀河系外の支配者がヴリジン星系を掌握するのを阻止しようとしている。《トリュリト・ティルル》には星喰らいの堕落した平和放射を中和するマシンがある。それを作動させる許可をいただきたい」

「ここにその許可をあたえる」と、水師。

シ＝イトは嘲笑を押しかくした。

「感謝する。ガタスのブロック監視者がわたしを介して、水師に湿った挨拶を送るとのこと。敬意の印として、この贈り物を受けとっていただきたい」

そういうと、部下に合図を送る。かれらは進みでて、カルル人に帽子箱のような容器を手わたした。シ＝イトの声が興奮のあまりさらに甲高くなった。

「ガタス人の慣習なので、贈り物はその場で開けてもらいたい」

「もちろんだ」老カルル人はそういい、皿頭を動かして随行者たちにもそうするよううながした。手を伸ばし、蓋のセンサー・パッドに触れる……代表団全員がそれにならった。

蓋が開く。

十数体の蟹が飛びだし、カルル人たちの頭にしがみついた。一瞬、悲鳴があがって、エレメントに抵抗しているようだったが、すぐにプシオン性の影響がかれらを支配する。

カルル人のからだに震えがはしった。

「なるほど」水師がいった。その声には怒りと憎悪がこもっている。「そう、理解した！」振り返り、カルルジョナのクリスタルの塔に向かって脅すようにこぶしを振りあげる。「戦争だ！　おまえたちと戦争だ！」

シ＝イトは笑って、宇宙服の喉もとのマイクロフォンに向かってコードをつぶやいた。背後で《トリュリト・ティルル》の巨体のエアロックが開き、搭載艇がエンジンを吹かして四方八方に散っていった。こぶし大の銀色の蟹が潮のように流れでて、浮遊プラットフォームに満載された無数の戦争エレメントが陽光を反射しながら、近くの都市へと群れをなして押しよせる。

カルルジョンの制圧が開始されたのだ。

9

《トリュリト・ティルル》の下方、緑の高地が点在する砂漠惑星ではまだ戦いがつづいていたが、抵抗は刻々とちいさくなっていった。

まもなく全カルル人が戦争エレメントの影響下に入るだろう。

シ＝イトは悪魔的な笑いを漏らした。

倍々に増殖し、接触した相手を次々と戦争のしもべに変えてしまうエレメントのような敵を相手に、抵抗は無意味だ。

ただ、べつの問題があった。

シ＝イトは憎々しげに大スクリーンを見つめた。カルルジョンの周回軌道上にあるステーション群……それらが防御バリアを張り、戦闘距離まで接近するガタス艦とカルル艦に攻撃をくわえているのだ。

「大規模攻撃をかけるべきです！」砲手のユルリイが主張した。「十数隻が大規模攻撃で片舷斉射すれば、塵（ちり）しかのこらないでしょう」

シ＝イトは片手を振った。

「それは最後の手段だ。いまは待て」そうはいったが、戦いを渇望しているのはかれも同じだった。

〈待てば報われるだろう〉と、戦争エレメント。

シ＝イトはエリュファルを見やった。首席通信士は数分前に、シ＝イトのエレメントが命ずるまま、暗号化したハイパー通信インパルスを送信している。ふだん使わない周波を使い、シ＝イトの知らない記号で記されていた。だが、かれは兵士であり、兵士はよけいな質問などしない。

待っているあいだにガタス・カルル合同艦隊で各宇宙ステーションを包囲し、まだ理性に目ざめていない一カルル人の脱出を阻止した。エレメントからは、だれひとりヴリジン星系から脱出させるなといわれている。ほかのカルル人世界、あるいはレジナルド・ブルやコスモクラートに事態を知られたら、計画は失敗の危機に瀕することになる。

計画の第一歩がカルルジョンの制圧だった。

〈問題は炎だ。炎の標識灯……そしてコスモクラートだ。かれらにとって、すべての道はヴリジン星系でとぎれる……〉

シ＝イトは時間が過ぎるのを待ちつづけた。

ハイパー走査機が反応するまで。

傷ついた獣のように警報が鳴りひびき、映像が揺らぎ、司令室を不気味な光で照らしだすまで。

「探知！」ガルファニイが叫んだ。

「2＝ブルー＝アルファ宙域に物体がふたつ出現しました」と、べつの声。「異常に強力なエネルギー放射。これは……巨大です！　片方は全長が百キロメートルはあります！」

コンピュータが大全周スクリーンにシミュレーション映像を表示する。ふたつの異物体は第六惑星の軌道上で通常空間に物質化したが、その出現にともなうハイパー次元衝撃波は、ほとんど計測不能なほどだった。

艦載コンピュータがぼんやりした異物体の姿を描きだす。

ひとつは円錐形で、長さ三百二十メートル、底部の直径が八十メートル。フォーム・エネルギー製らしく、夜の猫の目のようなグリーンをしている。かなりの大きさだが、ふたつめのものにくらべればごくちいさく見えた……もうひとつはそれほど巨大だったのだ。半径五十キロメートルの半球がふたつ、頂点部分でつながっている。半球の底面からはさまざまなかたちと大きさの突起物が生え、頂点同士が接しているところでは、暗赤色のエネルギーでできた直径百キロメートルのリングが回転していた。

〈きたようだな〉シ＝イトの頭のなかに声が響いた。〈大きいほうの一隻は技術エレメントを運んでいる。もう一隻は指揮エレメントの船だ。純粋理性を体現していることから、船名を《理性の優位》という。もうまもなく、われわれ全員を指揮する夢見者が目ざめるだろう。

夢見者、カッツェンカットが……〉

あとがきにかえて

嶋田洋一

生まれてはじめてハワイに行ってきた。

海外旅行はＳＦ大会のためということが多いのだが、今回は日本スポーツウエルネス吹矢協会（旧・日本スポーツ吹矢協会）ハワイ支部創設五周年を記念して開催された日米親善交流大会に参加するため、協会主催のツアーに申し込んだもの。大会はオープン制で誰でも参加できるので、別にわたしが日本代表に選ばれたとかいうわけではない（のは言うまでもない）。

月曜日の夜に出発して六時間半ほどの飛行だが、途中で貧血を起こしてしまい、ＣＡさんを呼んで「気分が悪い」と訴えたため、「お客さまの中にお医者さまはいらっしゃいませんか」という機内放送をはじめて聞くことになってしまった。正確には「お客さまの中に医師、救急救命士、看護師の方はいらっしゃいませんか」と言っていたと思う。

幸い、しばらくトイレに籠もって脂汗を拭っていたら徐々に回復し、到着するころには機内食のロコモコも平らげられるくらいになっていたので、大ごとにはならなかった。同行の大会参加者たちには多少からかわれたが。

このとき飛行機でとなりの席だった、やはり大会参加者のIさんは、全然気づかずに寝ていたという。今年九十歳のこの方と、ホテルで同室になったMさんのおふたりと仲よくなったのは、今回の大きな収穫の一つだった。

交流大会は二日めの火曜日なので、ホノルルに着くと（時差があるので、時間を遡って月曜日の昼に到着）まずはバスで市内の名所観光。昼食がまたしてもロコモコで、さすがに朝昼と続けて同じメニューはなあ、とみなさん食傷気味だった。しかも量が多くて、わたしは半分くらいしか食べられなかった。

宿泊先はワイキキ・ビーチコマー・バイ・アウトリガー（Waikiki Beachcomber by Outrigger）というホテル。正面玄関が工事中で、三階に位置するロビーにエスカレーターで上がることはできるのだが、下りエスカレーターは停止していて階段もない。つまりいちいちエレベーターを使わないと地上に戻れないという困った仕様になっていて、滞在中はずっとこの状態だった（余談だが、タクシーの運転手に〝コマー〟と言っても通じず、ホテル名の入ったカードキーを見せたら「ああ、コンバーか」と言われた。bomberが〝ボンバー〟か〝ボマー〟か、という問題と同じですね）。

二日め火曜日は今回のメイン・イベントである日米交流吹矢大会。参加者は日本・ハワイとも四十名ほどいて、事務局も含めて百人近くになる、なかなか盛大な大会となった。

最初に日米混合で五人（一部は四人）のチームを十五組作り、三ラウンド十五本を吹いて、一人あたりの平均得点を競う団体戦がおこなわれた。これはメンバーに恵まれたわたしの所属チームが優勝し、五人全員に金メダルが授与された。スポーツで金メダルなどもらったのは人生はじめてかもしれない。

次に今の三ラウンドの個人別合計点の上位から、日本側とハワイ側それぞれ七名を選出し、日米対抗戦となった。

日本側は同点の七位が四名いたため、一本ずつ吹いていちばん中心近くに当てた者を代表とすることになった。

驚いたことにわたしもこの四名の中に入っていて、さらに驚いたことに、一本勝負でいちばん中心に近いところに当ててしまった。

そういうわけで日本チームの一員としてハワイ・チームと団体戦をおこない、こちらも勝つことができた。これはまあ、日本側の上位が国内屈指の人たちなので、順当というか、負けるわけにはいかなかっただろう。

試合のあとはパーティ形式の交歓会となり、木曜日にアイエア地区にあるお寺で練習をしているとのことだったので、ぜひ参加したいとお願いしておいた。

この試合の前に、実は事件が起きていた。

当日朝、バスで大会会場に向かうため集合場所に行ってみると、添乗員さんが申し訳なさそうに話しかけてきた。「全員のカードキーのデータを書き換えますので、フロントに行ってください」とのこと。盗難事件があったという。カードキーのデータがコピーされている場合を考え、すべて書き換え、ということにしたようだ。

被害者が誰なのかは教えてくれなかったが、そのときIさんが話しかけてきて、吹矢道具一式を盗まれたという。

外で夕食を終えて帰ってきたら警察が来ており、同室の人の吹矢道具が盗まれたと聞かされ、どんなものか知りたいので見せてくれと言われて、自分の道具も盗まれていることに気づいたそうだ。添乗員さんもいっしょに午前一時ごろまで事情聴取があり、そのあともろくに眠れなかったとのことで、かなりお疲れの様子だった。

ただ、道具を入れていたバックパックが別の場所に放り出されていて、それが戻ってくるのはよかったと笑っていたのは印象的だった。聞けば亡くなった奥さんからのプレゼントだったそうだ。これは本当によかったと思う。吹矢道具自体はせいぜい数万円程度のものだし、海外旅行保険にも入っていたというから、金銭的な被害はないようなものだろう。

困るのは今回の目的である吹矢大会だが、これはすべて借り物でしのぐことができた。わたしも予備に持ってきていた矢をお貸しした。成績はさんざんだったが、Iさんは大会側の配慮に感謝し、ハワイ支部長からはパーティの席上「同胞が申し訳ない」と謝罪の言葉まであって、目的である〝親善〟の一助にはなったのかもしれない。

水曜日はオプションで申し込んでいた一日島内観光だったが、これは「こんな観光スポットがあります」と見てまわるだけのもので、昼食を除いて一ヵ所あたり三十分足らずしか時間がなく、いささか期待はずれだった。次に来たときのための下見、と割り切るのが前提になっているのかもしれない。

回った場所で印象が強かったのは、パールハーバー（ほぼゲートを通過しただけ）、日立のCMでよく見た「この木何の木気になる木」のモンキーポット・ツリー、あたりかな。夏物の着物で参加して、昼食を摂った土産物屋の日系のおばちゃんたちには好評だった。一、二世代前の日系人が日常的に着ていたので、懐かしく感じるらしい。

ホテルに戻ったあと、同室のMさんとトロリー・バスで街中をぐるぐる回って夕食の店を物色し、クラッキン・キッチン（Krackin' Kitchen）というシーフード料理店に入った。ここの目玉料理は、カニやエビや貝や野菜を茹でて赤白黒三種のソースに漬け込んだものを、テーブルの上にぶちまけて手づかみで食うという野趣あふれるもの。ビニール手袋はしているが、この〝手づかみ〟というのが実によくて、Mさんともども大いに楽しんだ。

木曜日は夕方からアイエア地区の吹矢の練習に参加させてもらう以外、特に予定はなし。ただ、拳銃の実弾射撃ができるシューティング・レンジに行ってみたいと思っていて、通りでチラシをもらっていた。実はこれ、いわゆる〝危険なスポーツ〟になるらしく、ツアーではいっさい扱っていない。何も知らずに添乗員さんに話したら「聞かなかったことにしておきます」と言われてしまった。怪我などしても、海外旅行保険の補償対象にもならない。自己責任でどうぞ、ということ。

というわけで、自己責任で行ってきた。ワイキキの目抜き通りカラカウア・アヴェニュー沿いの、プラダ、グッチ、シャネルなどの並びというすごい立地。射撃場は二階で、拳銃や自動小銃が撃てる。銃は二本のバネで左右の鉄棒につながれ、上下には動かせるものの、左右に振りまわしたりはできないようになっている。銃把にも鎖がつけられ、厳重なことこの上ない。バネや鎖をはずせるのは、当然、担当者だけ。今回は拳銃五種類（二二、三八、四五口径のセミオート、三八口径リヴォルバー、四四マグナム・リヴォルバー）のセット・コースにしてみた。いい経験だったと思う。今後の訳業に生かせそう。

そしてアイエア地区に吹矢の練習に向かったのだが、これが遠い。トロリー・バスで〝布哇(ハワイ)出雲大社〟まで行き、そこでタクシーを呼んでもらって、渋滞していたせいもあり、さらに三十分以上かかった。運転手にも場所がよくわからず、「住所からするとだいたいこのあたり」というところで降ろしてもらい、住宅街の中をさまよって道を訊きながら、やっとたどり着いた。Soto Mission of Aiea、曹洞宗の太平寺というお寺の、ステージがあるホールのような場所だった。

地元の人たちと談笑していると、協会本部の国際部長はじめ数人(いずれも六段以上、わたしは二級)が到着し、今回はその人たちによる指導という形式。わたしもいろいろチェックしてもらい、たいへん参考になった。終了後は心づくしの軽食が出され、しばらくみなさんと歓談したあと、ハワイ支部長の奥様の運転する車に便乗して、ホテルまで送っていただいた。

天気にも恵まれ(もともと雨は少ないらしいが)、本来の目的である吹矢大会でも好成績を残せ(他力本願な部分は否めないけど)、食事も楽しめ(甘すぎたり多すぎたりするのも少なくなかったが)、地元の人たちとの交流もできて(これは本当に感謝しかない)、すばらしい旅行になった。二年後にもまたハワイで大会を開くかもしれないということなので、その日を楽しみに待ちたいと思う。

海外SFハンドブック

早川書房編集部・編

クラーク、ディックから、イーガン、チャン、『火星の人』、SF文庫二〇〇〇番『ソラリス』まで――主要作家必読書ガイド、年代別SF史、SF文庫総作品リストなど、この一冊で「海外SFのすべて」がわかるガイドブック最新版。不朽の名作から年間ベスト1の最新作までを紹介するあらたなる必携ガイドブック！

SFマガジン700【海外篇】

山岸真・編

〈SFマガジン〉の創刊700号を記念する集大成的アンソロジー【海外篇】。黎明期の誌面を飾ったクラークら巨匠。ティプトリー、ル・グィン、マーティンら各年代を代表する作家たち。そして、現在SFの最先端であるイーガン、チャンまで作家12人の短篇を収録。オール短篇集初収録作品で贈る傑作選。

訳者略歴　1956年生，1979年静岡大学人文学部卒，英米文学翻訳家　訳書『ヴィシュナ熱』ツィーグラー＆エルマー，『ゴルゲンゴルの鍵』エーヴェルス（以上早川書房刊），『巨星』ワッツ他多数

HM=Hayakawa Mystery
SF=Science Fiction
JA=Japanese Author
NV=Novel
NF=Nonfiction
FT=Fantasy

宇宙英雄ローダン・シリーズ〈592〉

宇宙の炎の道

〈SF2227〉

二〇一九年五月十日　印刷
二〇一九年五月十五日　発行

（定価はカバーに表示してあります）

著者　デトレフ・G・ヴィンター
　　　トーマス・ツィーグラー
訳者　嶋田洋一
発行者　早川浩
発行所　株式会社早川書房
郵便番号　一〇一 - 〇〇四六
東京都千代田区神田多町二ノ二
電話　〇三 - 三二五二 - 三一一一（大代表）
振替　〇〇一六〇 - 三 - 四七七九九
http://www.hayakawa-online.co.jp

乱丁・落丁本は小社制作部宛お送り下さい。
送料小社負担にてお取りかえいたします。

印刷・信毎書籍印刷株式会社　製本・株式会社川島製本所
Printed and bound in Japan
ISBN978-4-15-012227-0 C0197